Wilhelm Lobsien

Klaus Störtebeker

Erzählung aus der Zeit
der Vitalienbrüder

3 Storzenbecher.

Wilhelm Lobsien

Klaus Störtebeker

Erzählung aus der Zeit der Vitalienbrüder

Trotz gewissenhafter Bearbeitung kann eine Haftung für den Inhalt nicht übernommen werden. Für aktuelle Ergänzungen und Anregungen ist der Verlag jederzeit dankbar. Wir bedanken uns bei allen, die uns unterstützt haben.

Impressum

© 2023 DEMMLER VERLAG GmbH
An der Bäderstraße 7c, 18311 Ribnitz-Damgarten
Tel.: 03821 / 425514-0, Fax: 03821 / 425514-2
www.demmlerverlag.de

1. Auflage 2023
Unveränderter Nachdruck.

Das Buch erschien erstmals 1927 im K. Thienemanns Verlag Stuttgart, der das Buch in den folgenden Jahrzehnten mit wechselnden Illustrationen immer wieder neu auflegte. Im Boyens Buchverlag, Heide erschienen 1995 und 2006 zwei weitere Auflagen.

Umschlaggestaltung:	Verlag ***grünes herz***®, Sibylle Senftleben
Titelillustration:	Peter Zislaw Wywiorski
Zeichnung, Seite 2:	The pirate Storzenbecher, veröffentlicht ca. 1789 von Johann Caspar Lavater und Thomas Holloway, nach einer Zeichnung von Daniel Hopfer (1470?–1536). Digitalisat durch Wellcome Library, London, https://wellcomecollection.org/works/chcpcwme
Korrektorat, Satz & Layout:	Runa Spindler
Autorenfoto:	aus „Die Heimat“, № 10, Oktober 1911, 21. Jahrgang. Digitalisat durch Staats- und Universitätsbibliothek Hamburg, https://resolver.sub.uni-hamburg.de/kitodo/PPN846060221_0021
Schrift:	Perpetua
Druck:	Alliance Print, Sofia

ISBN 978-3-944102-51-1

Inhalt

Heimatlos

Man schrieb das Jahr 1384. Die kleine, aber stark befestigte Burg Hellum blickte von hohem Wall über den breiten, schilfbestandenen Graben und über weite grüne Wiesen nach den seewärts drängenden Fluten der Ems und darüber hinaus in das weite, ebene Land.

Ein alter, weißbärtiger Reiterknecht kam aus dem Stall, wo er die Pferde gefüttert hatte, auf den im Sonnenglanz liegenden Hof, blickte einen Augenblick in die weiß über den klaren, blauen Himmel ziehenden Wolken und humpelte dann ans geschlossene Tor. Das linke Bein, das vorzeiten von einer feindlichen Lanze durchbohrt worden war, schleppte schwer über die holprigen Steine; aber die alten, schwertgewohnten Arme waren noch stark und fest. Das erkannte man, als er den schweren eichenen Balken von den eisenbeschlagenen Torflügeln hob und mit leichtem Druck den Weg nach draußen frei machte.

Die Hände über die Augen gelegt, um sie gegen die brennenden Strahlen der Sonne zu schützen, stand er da und schaute nach dem Stromufer hinüber, als suche oder erwarte er etwas.

Als er lange vergebens gestanden hatte, ging er wieder in den Burghof zurück, schloss aber zuvor umständlich das breite Tor. Es waren unruhige Zeiten, und man musste immer darauf gefasst sein, dass sich umhertreibendes Gesindel näherte. Dann stieg er die enge Treppe des nur niedrigen Turmes hinauf und blickte, halb verborgen hinter dem Mauerkranz, wieder aufmerksam in das Land hinaus, die Blicke bald nach Norden, bald nach Süden sendend. Eine tiefe Sorge lag in seinen alten, treuen Augen, und die Hände, die sich dann und wann von der moosbedeckten Mauer hoben, um die Augen zu überschatten, waren nicht so ruhig und fest wie sonst.

Es war auch kein Wunder, hatte doch das letzte Jahr viel Unruhe in den sonst so ruhigen Frieden der kleinen Burg gebracht. Sein Herr, der Ritter Klaus, dessen Geschlecht seit vielen, vielen Jahren auf der Burg Hellum gehaust hatte, lebte seit Monden im Kampf mit einigen der stärksten Rittergeschlechter des Landes, und so standen sie auf Hellum in ständiger Gefahr, überfallen zu werden. Ritter Klaus hatte nämlich vor einem Jahr bei Nacht und Nebel das junge Ritterfräulein Gerlinde, um deren Hand er bei dem stolzen Vater oft vergebens angehalten hatte, aus der väterlichen Burg geraubt und auf jagendem Rosse nach Hellum gebracht. Die Wasser der Ems waren hoch gewesen, alles Wiesen und Felder rings um die Burg waren ein einziger brodelnder See, und so war es ihnen nicht schwer geworden, die Scharen der Feinde abzuwehren. Frühling und Sommer waren gekommen, und es schien, als hätten die Feinde die Rache aufgegeben, denn kein fremdes Fähnlein ließ sich vor den Toren blicken. Ritter Klaus wurde ruhiger, sorgloser und dreister, dehnte seine Jagdzüge weiter und weiter aus und lachte nur, wenn sein alter Reiterknecht Alban ihn warnte und ihn um Gottes und aller Heiligen willen bat, in der Nähe zu bleiben und nur in Sichtweite der sicheren Mauern zu pirschen.

„Schweig still, Alban! Du siehst doch selbst, dass sie uns vergessen haben. Wir sind ihnen wohl zu gering, als dass sie unsertwegen ihre Rosse satteln. Und seit gar der Priester mein Weib in Fluch und Bann getan hat, weil es mir aus freien Stücken in meine Mooreinsamkeit gefolgt ist, glaub ich schon nicht mehr, dass der stolze Vater sein Töchterlein zurückwünscht."

„Glaubt nicht dran, Herr! Ich fürchte, sie planen Böses und lassen sich nur so lange Zeit, um ganz sicher zu sein, wenn sie ausziehen, uns zu fangen."

„Hast du Furcht, Alban?" spottete Ritter Klaus.

„Herr, wie könnt Ihr solches glauben? Hab' ich nicht oft genug –"

Der Ritter unterbrach ihn freundlich lächelnd: „Lass gut sein, Alban; ich kenne deine tapfere Hand und dein treues Herz. Aber nun sprich auch nicht mehr von deinen törichten Sorgen, die wollen wir den Weibern und Buben überlassen."

„Und doch werde ich immer wieder davon zu reden beginnen. Es geht ja nicht um mich, sondern um die Herrin und den jungen Herrn in der Wiege..."

So war es auch vor einigen Tagen gewesen, als Ritter Klaus zur Sommerfahrt ins Land gezogen war, um weiter droben, wo auf einer Hügelburg ein Freund wohnte, seinem jungen Weibe und dem Knaben einige Tage der Freude zu bereiten.

Heute wollten sie wiederkehren, und darum stand Alban, obgleich er wusste, dass es später Nachmittag werden würde, seit frühem Morgen auf dem Ausguck, um das weiße Segel in der Ferne zu erspähen. Endlich stand weit, weit drunten etwas Weißes gegen den Himmel und schob sich höher und höher herauf, wurde größer und größer.

War es eine Wolke, die über die Himmelskuppe segelte, ein Rauch, der in die blaue Höhe quoll? Nein, ein Segel war es, überflammt von einem langen goldgelben Wimpel, der lustig im Winde flatterte.

Da wusste Alban, wen Wind und Wellen hertrugen, eilte die Turmtreppe hinab und schlug mit dem Holzklotz gegen den großen Schild, der über dem Burgbrunnen hing, dass die Mägde und Knechte aus Keller, Kammer und Stall herbeigeeilt kamen, als fürchteten sie Unheil und Gefahr. „Rüstet euch!" rief er, „sie kommen heran, bald sind sie da!"

Laut lachen musste er, als er sah, dass die Frauen aufkreischend davonstürmten und die Knechte nach den Waffen griffen.

„Nein! Nein!" beschwichtigte er sie, „nicht die Feinde, sondern Ritter Klaus und sein Gemahl. Schürt das Feuer, dass das Mahl bereitet ist, wenn sie kommen, und ihr, Gesellen, kommt mit an den Strom."

Da war plötzlich ein eifriges Leben in der eben noch wie ausgestorbenen Burg. Der Rauch stieg wirbelnd durch den Schornstein, das Schwatzen der Mägde scholl aus den offenen Türen, und lärmend stampften die Knechte durchs Tor und eilten lachend ans Stromufer hinunter. Aber sie mussten lange warten, bis endlich das Schiff anlegte.

Alban wies die Knechte an, das Fahrzeug in den Nebenarm des Stroms, der fast bis an den Fuß der Burg führte, hineinzuziehen. Dann erst wandte er sich an seinen Herrn, ergriff seine Hand und sagte leise, als schäme er sich seiner Worte: „Wie gut, dass Ihr da seid, und auch Ihr, Herrin."

Lachend klopfte Ritter Klaus ihm auf die Schulter. „Hast du wieder Furcht gehabt, Alban? Du siehst, wir sind alle wieder heil daheim. Und nun nimm den Buben und trag ihn uns vorauf in die Burg, es soll heut ein Freudentag werden."

Sorgfältig umspannten Albans Arme den Jungen, der lachend und kreischend mit beiden Händen ihm den altersgrauen Bart zerwühlte, sich bald aufstellte, bald sich wie eine Schlange wand, dass der Alte seine liebe Not hatte, den Buben zu halten. Dabei verschob sich das Hemd des Kleinen, und da sah Alban ein seltsames, mattblinkendes Amulett, das dem Knaben an einem schmalen Lederriemen am Halse hing. Vorsichtig fasste er es, um es genauer zu betrachten, aber er konnte es nicht recht erkennen, seine Augen waren zu alt und schwach.

Lachend trat die Herrin näher. „Was staunst du so, Alban? Ach so, das Amulett ist's, das dir in die Augen sticht. Es ist ein altes Schmuckstück. Einer meiner Ahnen hat es aus dem Heiligen Lande mitgebracht. Es schützt gegen Hieb und Stich, gegen Seuche und bösen Blick. Bislang ist's immer nur von Mädchen getragen worden und ist so von einem Geschlecht zum anderen gegangen. Marko ist der erste Bub, der's trägt. Es soll ihm auch verbleiben, wird ja auch später neben Schwert und Lanze nicht von unnöten sein. Aber nun kommt, die Mägde warten mit dem Mahl."

Die andern Knechte kamen vom Strom herauf. Donnernd schloss sich das Tor hinter ihnen, und der enge Hofraum scholl wider von der Freude des Gesindes über die glückliche Heimkehr. –

Ruhig und gemächlich glitten die Sommertage dahin, und der Herbst kam mit hellen, durchsichtigen Tagen. In Ruhe und Frieden lag die Burg, in Frieden und Ruhe rings das weite, ebene Land, das, soweit die Augen reichten, menschenleer und öde und wie von aller Welt vergessen schien.

Keiner dachte an irgendeine Gefahr. Nur der alte Alban verzog, wenn er sich unbeobachtet wusste, die Stirn in krause Sorgenfalten und konnte den Gedanken nicht loswerden, dass eines Tages dennoch ein schweres Unheil über sie alle hereinbrechen würde. Er war daher den ganzen Tag auf der Hut, putzte die Waffen, verstärkte das Tor, untersuchte die Burgmauer von innen und außen, ob sich keine Steine gelöst hätten, hob und senkte die Stauflügel an den Schleusen, durch die das Stromwasser in die Moore rings um die Burg geleitet werden konnte, wenn ein Feind nahte, und stieg stündlich in den Turm hinauf, um nach allen Windrichtungen Ausschau zu halten. Er ließ sich dabei weder durch das freundliche Lächeln der Edelfrau noch durch den gutmütigen Spott des Ritters irremachen, sondern tat nach wie vor, was er für seine Pflicht hielt.

Da geschah es eines Tages, dass Ritter Klaus Botschaft von einem Freunde bekam, der ihn zu Jagd und frohem Rittertrank rief. Der Ritter, der langen, tatenlosen Zeit müde, sagte freudig zu. Vergebens mahnte und warnte ihn Alban, der die kommenden dunklen Novembertage fürchtete, an denen sich die Feinde leichter ungesehen heranschleichen könnten. Sein Herr hatte nur immer ein Lachen für seine Warnungen und das fröhliche Wort:

„Ich lasse ja dich auf der Burg zurück, Alban, und wer ist getreuer als du?“

Und so ließ er eines Morgens die Segel setzen und fuhr mit zwei jungen Knechten den Strom hinab.

Eine Woche blieb er fort. Fröhlich und guter Dinge, mit Jagdbeute reich beladen, kehrte er heim. Es war ein nebeldunkler Tag. Schwer und dick lag der Dunst auf dem Strom; man konnte keine fünfzig Schritte weit sehen.

Der Ritter stand vorn und hielt Ausschau.

Stieg die Burg denn immer noch nicht aus dem dunklen Nebel auf?

Er spähte links und rechts nach dem Ufer – er musste doch jetzt zu Hause sein, nahe vor dem grauen Turm. Mit lauter Stimme rief er den Ruf ins Dunkel hinein, den er so oft hatte über die Felder schallen lassen, wenn er, sommertags von der Jagd heimkehrend, den Seinen hatte melden wollen, dass er nahe vor der Burg sei. Aber keine Antwort kam aus dem grauen Nebel heraus. Da packte ihn plötzlich eine seltsame Angst, und er trieb seine Knechte an, die Ruder zu gebrauchen, um schneller vorwärtszukommen.

„Herr“, sagte der eine mit zaghafter Stimme, „wir müssen schon da sein.“

„Aber ich sehe die Burg nicht.“

„Herr“, begann der andere nach einer Weile wieder, „Herr, da ist der Eingang zum Graben. Wir sind vor der Burg.“

In diesem Augenblick kam ein heftiger Windstoß von Süden auf, zerriss den Nebel, dass er in Fetzen über den Himmel flog, und da sahen die drei Heimkehrenden, dass von der Burg nicht viel mehr übrig war als schwelende Trümmer.

Ritter Klaus stand wie erstarrt. Sein Antlitz war totenbleich, und die Augen waren ihm weit aufgerissen, als könnten sie das Ungeheure nicht fassen, das vor ihnen lag. Er packte sein Schwert, das neben dem Mast lehnte, wartete nicht erst ab, bis das Schiff ans Ufer stieß, sondern sprang mit gewaltigem Satz heraus. Was kümmerte es ihn, dass der Sprung zu kurz war und er aufklatschend in die Fluten stürzte. Er raffte sich auf, klomm am Ufer empor und stürmte davon.

Die Knechte folgten ihm. Bald hatten sie ihn eingeholt. Halb zusammengesunken, auf seinen Schwertknauf gestützt, stand er vor dem verbrannten Tor, und ein qualvolles Stöhnen rang sich ihm aus der Brust.

Da erst sahen sie das Furchtbare, das während ihrer Abwesenheit geschehen war.

Zerbrochen lag das Burgwappen im Sand. Daneben lag mit blutiger, zerspaltener Stirn der alte Alban, hinter ihm unter halbverkohltem Gebälk des Ritters junge Frau, tot und bleich.

„Packt an! Packt an!“ schrie Ritter Klaus, und seine Stimme war wie der Aufschrei eines gequälten Tieres, das wehrlos unter den Waffen seiner Peiniger verblutet. „So helft mir doch! Was starrt ihr mich so an?“

Seine Knechte waren immer noch wie erstarrt. Erst als sie ihren Herrn das Gebälk umkrallen sahen, kamen sie zu sich und griffen mit an. Aber es war alles vergebens; längst war das Leben aus dem zerschlagenen, von Blut und Rauch beschmutzten Körper gewichen. Sorgsam betteten sie die Herrin ins weiche Gras und breiteten ihre Mäntel über sie und den bis zum Tod getreuen Alban.

„Kommt! Kommt!“ mahnte der Ritter, fasste sein Schwert fester und eilte ihnen voran über Schutt und Trümmer in den Burghof. Da fanden sie die anderen Getreuen, die Knechte und Mägde, bleich und tot; es musste ein grimmiger Kampf stattgefunden haben.

Wo aber war der junge Marko?

Sie stürmten von Kammer zu Kammer, durchsuchten alle Ecken und Winkel, Ställe und Keller und fanden schließlich hinter einem Mauervorsprung die jüngste Magd. Erschrocken richtete sie sich auf, als sie die Schritte hörte, sank aber gleich wieder kraftlos zusammen und lag mit geschlossenen Augen.

Ritter Klaus kniete vor ihr nieder, hob ihr Haupt, strich ihr die Haare aus der bleichen Stirn und fragte sie mit zitternder Stimme nach seinem Sohn.

Mühsam öffnete sie die Lippen und wollte sprechen; aber ein Blutstrom quoll ihr aus dem Munde und erstickte ihre Worte.

Da schickte der Ritter den einen der Knechte zum Brunnen, um Wasser zu holen. In Eile kam er wieder, das erfrischende Nass im Helm tragend.

Ritter Klaus netzte der Magd die Stirn, wusch ihr die Lippen und führte ihr den Helm an den Mund. In langen, durstigen Zügen trank sie und schlug dann, ein wenig erfrischt, die Augen auf.

„Was ist geschehen?"

Sie wollte zu sprechen anfangen, aber der Ritter unterbrach sie gleich mit den Worten: „Nein, sprich mir nicht davon, sondern sag mir, wo Marko ist!"

Ängstlich irrten ihre Augen umher und blieben endlich am Ritter hängen, der sie noch immer mit seinen Armen stützte. Mit leiser Stimme begann sie zu sprechen. Die Feinde waren gekommen und hatten in Nebel und Nacht die Burg überfallen. Vergebens hatten sie sich alle gewehrt, Alban an der Spitze; die Übermacht war zu groß gewesen. Bald brach die Burg in Flammen zusammen. Sie war mit Marko ins Dunkel der Burgmauer geflohen, um den geheimen Ausweg zu finden. Schon glaubte sie, ihn unbemerkt zu erreichen, da sprang ein Waffenknecht auf sie zu, schlug sie mit dem Schwerte nieder, entriss ihr den Knaben und stürzte davon. Sie sprang auf, um ihm den Knaben zu entreißen; da streckte ein zweiter Schwerthieb sie zu Boden.

„Und wohin? Wohin?" stöhnte der Ritter.

Sie wollte sprechen; aber sie konnte es nicht mehr. Mit einem schweren Seufzer sank sie zurück und war tot.

Einen Augenblick noch lag Ritter Klaus vor ihr auf den Knien. Dann erhob er sich, und sein Gesicht war weiß wie Schnee und hart wie Fels. Die Lippen hielt er fest zusammengepresst. Er sprach kein Wort, sondern winkte seinen Knechten, ihm zu folgen.

Mit langen, müden Schritten ging er durch das zertrümmerte Tor bis dahin, wo sein Weib und der treue Alban unter den Mänteln lagen. Schweigend hob er die Decken, blickte eine Weile mit finsteren Augen auf die Toten nieder, bedeckte sie schweigend und ging dann einige Schritte weiter bis dahin, wo die Burgmauer noch in voller Höhe stand. Hier begann er mit seinem Schwert eine Grube zu graben. Schweigend, ab und zu mit scheuen Blicken auf ihren Herrn, halfen ihm die beiden Knechte.

„Holt die Toten aus der Burg", sagte er, als sie nach schwerer Arbeit die große Grube ausgeworfen hatten, und seine Stimme klang seltsam fern und hohl. „Tragt sie behutsam. Sie haben es verdient."

Er selbst nahm sein Weib, hüllte es in den Mantel und legte es in die kühle Gruft, und stand lange stumm und starr davor.

Ein blasser Mond schien durch die windzerzausten Wolken, als sie die letzten Schollen auf die toten Schläfer warfen.

Scheu schlichen die Knechte beiseite; das furchtbar verzerrte Gesicht ihres Herrn war ihnen unheimlich. Und da sahen sie, wie er langsam sein Schwert aufhob, den Knauf wie ein Kreuz gegen den Nachthimmel streckte, und sie hörten das ächzende Stöhnen, das aus seiner Brust kam.

Lange stand er so, und als er sich endlich zu ihnen wandte, war er ganz ruhig.

„Rüstet das Schiff!" sagte er. „Wir wollen fort!"

„Herr, es ist dunkle Nacht", stotterte der eine von ihnen.

„Fürchtest du dich, so bleib."

Aber schon eilten sie ans Ufer und taten, wie ihnen befohlen war. Leise knarrten die Taue, der Wind stieß in die Segel und drängte das Fahrzeug rauschend durch die Flut.

„Nach Friesland!" sagte Ritter Klaus mehr zu sich selber als zu den andern. Alle seine Gedanken waren bei den wenigen Freunden, die er in Friesland wusste. Er hatte sonst niemand, der ihm, dem armen Moorritter, gegen die mächtigen Geschlechter stromaufwärts helfen würde; sie alle fürchteten für ihr eigenes Leben, ihr eigenes Hab und Gut.

Aber an den stromabwärts liegenden Burgen wollte er anklopfen, ihnen die Schmach, die ihm angetan war, entgegenrufen und mit ihnen gemeinsam den Rachezug unternehmen. Kein Stein sollte auf dem andern bleiben, und auf den Trümmern ihrer Burgen wollte er die Häupter der feigen Frevler aufpflanzen, die ihm Heim und Haus zerschlagen hatten.

Der Ritter fuhr die ganze Nacht, den ganzen Tag und noch eine Nacht und wieder einen Tag, und als die dritte Nacht herannahte, wusste er, dass er ganz allein war, dass sich keiner gefunden hatte, der ihm zum Rachezug das Schwert leihen wollte. Worte hatten sie für ihn, nichts als Worte und Versprechungen auf die Zukunft. All seine Bitten glitten an ihrer Furcht ab; sie waren alle arme Moorritter und durften ihren geringen Besitz nicht aufs Spiel setzen. Sie verwiesen ihn an den Kaiser – da lachte er. Sie verwiesen ihn an den Papst – da lachte er noch mehr. Sie verwiesen ihn an die großen Herrenstädte – da lachte er so wild und gellend, dass die Weiber erschreckt ein Kreuz schlugen und in die äußerste Nische flohen.

„Nun nennt mir noch den Teufel als Fahrtgesellen; aber wo find' ich den?" höhnte er, stampfte mit dem Schwert auf dem Estrich und ging grollend davon.

„Wenn Ihr reich wäret", rief ihm einer nach, „wüsste ich Euch schon Schwertgenossen, den Häuptling vom Hilligenland; aber der tut nichts unter einer Tonne Goldes. Da ist's schon besser, Ihr gebt Euch drein und sucht Euch anderswo Euer Ritterglück. 's ist immer so gewesen: die Großen fressen die Kleinen. Möcht' lieber ein elender Bauer im Herrendienst als ein armer Ritter sein."

Einige Tage darauf trieb sein Fahrzeug vor der Emsmündung. Er war allein. Seine Knechte hatten ihn verlassen. Heimlich waren sie von Bord gelaufen. Ihm war alles gleich. Eine müde Verzweiflung hatte ihn gepackt. Hinter ihm lag dunkle Nacht, lagen Jammer und

Schande, lagen die beschmutzten Scherben eines kurzen Lebensglücks, und vor ihm ein Leben so grau und düster wie die dunkle See, die wild an der Bordwand seines Schiffes aufspritzte. Mochte kommen, was da wolle, er ließ sein Leben wie sein Schiff ins Ungewisse hinausgleiten, gleichgültig, was daraus werden würde. Was er besessen hatte, sein, Weib, sein Kind, sein treuer Waffenknecht, war alles tot, seine Burg zerstört, sein Wappenschild zerschlagen, er selber verlassen, verfemt und geächtet.

Eine lähmende Müdigkeit kam über ihn. Kaum spürte er das schwere Rollen und Stampfen in der kochenden See und rührte sich kaum, wenn Brecher und Brandungswellen über ihn hinklatschten. So blieb es ihm auch unbewusst, dass der Sturm ihn weiter und weiter von der schützenden Küste abtrieb und auf die hohe See warf.

Immer lauter heulte und brauste es durch die Luft. Schneeweiß war das Meer. Hochauf warf es sein Schiff und stieß es dann wieder krachend in den dunklen Schlund hinab, dass es in allen Fugen zitterte und ihn jäh aus seiner matten Gleichgültigkeit weckte.

Er sprang auf und erstarrte schier, als er um sich nichts als die kochende, tanzende, brüllende See erblickte, die mit langen, weißen Armen nach ihm langte, als wollte sie ihn herunterreißen in ihr feuchtes, dunkles Reich. Da kam plötzlich neues Leben über ihn. Kampf! Kampf! Das war es ja, was er wollte. Kampf, gleichgültig gegen wen, war das einzige, was die wilden Stürme in seinem Innern ersticken konnte. Sein ganzes Leben sollte ein einziges Lied sein und hieß: Kampf! Rache für das, was ihm angetan war, Rache an allen, die ihm sein Glück zerschlagen hatten, Rache an den Menschen überhaupt mit all ihren Einrichtungen, die es mit sich brachten, dass solcher Frevel möglich war, wie er ihn erduldet hatte. Nein, er durfte hier draußen in der tobenden See nicht einsam und elend untergehen! Er musste sein Leben erhalten und sich und seinen Namen zu einem Schrecken machen. Als ein Landstörzer wollte er heimkehren und seine Rache durchs ganze Land tragen.

Mit eisernen Fäusten packte er das Ruder und zwang sein Fahrzeug durch den Sturm. Aber es waren nicht die Wellen der Ems, gegen die er zu ringen hatte: mit ihm rang heute die wilde, jauchzende, mächtige See. Zählte auch sie zu seinen Feinden? Mit tausend Armen packte sie ihn, und ihr Brausen und Heulen war wie ein höhnisches Gelächter.

Der einsame Schiffer biss die Zähne trotzig zusammen und blickte mit zusammengekniffenen Augen jeder neu heranrollenden Woge entgegen. Ihm war, als stünde er in der Schlacht und wehre, ein einziger, mit trotzigem Mut eine ganze Meute heranstürmender Feinde ab. Aber er spürte kein Ermatten und kein Verzagen; jeder neu herandrängende Wogenberg gab ihm neue Kraft und neuen Mut.

Von draußen kam eine neue Riesenwoge heran, mächtiger, größer, dunkler als alle andern. Wie eine schwarze Wand schob sie sich näher und näher heran krümmte sich noch einmal, als wolle sie neue Kräfte sammeln, bäumte sich dann wieder steil auf und brach donnernd über das sich ängstlich duckende Schiff.

Klaus krallte sich an der Bordwand fest. Er sah nichts als schwarze, drängende Flut, und um ihn war ein Brausen, Tosen, Toben, Brechen und Krachen, als fiele der Himmel über ihm ein. Ihm war, als versänke er tief, tief in einen gähnenden Abgrund, immer tiefer, immer tiefer. Er wusste nicht, wie lange es gedauert hatte, bis er wieder den Himmel über sich sah.

Entsetzt blickte er auf sein Fahrzeug. Der Mast war gebrochen und trieb irgendwo fern auf den tanzenden Wellen. Das Ruder war zerschlagen, die Bordwand zersplittert, und klatschend schwappte das Wasser im Raum. Er versuchte, das Wasser auszuschöpfen; aber neue Wellen kamen heran und machten seine Arbeit zunichte.

Hoch hinauf – tief hinab – so taumelte das Wrack in der wilden See. Da ergab er sich in sein Schicksal und ließ sich treiben.

Gottes Freund, aller Welt Feind

Stolz und sicher drängte sich eine hochbordige, große Kogge durch die stark dünende See. Der Wind bauschte ihre blutroten Segel und zerrte an dem langen Wimpel, der an der Spitze des hohen Hauptmastes hing und hell und lustig wie eine Welle im fliegenden Ost tanzte.

Alle Mann waren an Deck und lugten bald über die schäumende See, bald zur Brücke hinauf, auf der ihr Kapitän, Gödeke Micheel, mit harten Schritten hin und her ging. Er trug sein Haupt gesenkt, als sähe er auf nichts anderes als auf die mattenbelegten Bohlen der Kommandobrücke; aber sie alle, vom Steuermann bis zum jüngsten Matrosen, wussten, dass seine dunklen, raschen Augen überall waren und alles sahen. Die Kogge brauchte nur einmal ein wenig aus dem Kurs zu fallen, so dass ein leichtes Flattern durch die Segel lief, gleich gellte sein Fluch über das Schiff hin und ermahnte den Mann am Ruder an seine Pflicht. Und wenn einmal das Geschwätz der Matrosen im Raum zu laut wurde, gleich hob er das finstere Antlitz, blickte mit seinen Feueraugen auf Deck hinunter und zwang seine Leute zur Ruhe.

Sie trugen willig seine Strenge; nicht aus Furcht allein, sondern weil sie ihn achteten und nach manchem Sieg über Hamburger und Lübecker Kaufschiffe seine Großmut im Teilen der erbeuteten Güter erfahren hatten. Was würde es auch ändern, wenn sie zu murren und trotzen anfangen würden? Dann und wann hatte es einer versucht; aber wie war es ihm ergangen? Eigenhändig hatte ihn der Kapitän über die Reling ins Meer gestürzt, sich kalt und ruhig mit den Worten: „Sonst noch jemand?“ an die ganze Besatzung gewandt und dann wieder seinen gewohnten Gang hin und her auf der Brücke aufgenommen.

Nein, es nützte nichts, sich gegen Gödeke Micheel aufzulehnen; denn was waren sie ohne ihn? Ein Nichts! Ein herrenloses, von allen Hanseschiffen verfolgtes Gesindel, das ohne Kapitän gar bald gefangen und dem Galgen ausgeliefert werden würde. Nein, Gödeke Micheel war Herr! Außer ihm gab es keinen auf der Welt. Darum flogen ihre Blicke immer wieder zur Kommandobrücke hinauf, als warteten sie sekündlich auf Befehle und fürchteten, diese nicht schnell genug auszuführen.

Und so glitt der „Seeschäumer", wie Gödeke Micheel sein Schiff getauft hatte, als es nach einem blutigen Treffen vor Bornholm aus den Händen eines Stralsunder Bergenfahrers in seinen Besitz übergegangen war, ruhig und sicher durch die rauschenden, graugrünen Wogen der dünenden Nordsee.

Mit freudigem Stolz liefen Gödekes Augen über das blanke Fahrzeug. Er schien heute guter Laune zu sein, und so rief er von der Brücke in den Raum hinunter: „Singt, Gesellen! Singt!"

Das ließen sie sich nicht zweimal sagen, sondern sammelten sich behände an der Schanzverkleidung entlang und begannen ihr raues Lied, das mit den trotzigen Worten schloss: „Gottes Freund und aller Welt Feind!"

Wild und hart scholl es über die See und übertönte das Rauschen der Wellen, das Brausen des Windes und das Knarren der Taue und Segel.

Ein zufriedenes Lächeln lag auf Gödeke Micheels Gesicht. Er freute sich seiner Leute. Das waren Kerle, mit denen eine Welt zu erobern war. Und wie auf dem „Seeschäumer", so waren sie auch auf den anderen Schiffen, die unter seinem Kommando standen. Wehe, wer sich ihnen entgegenstellte!

Plötzlich erhob sich der Mann, der in der Tonne hoch droben an der Spitze des Großmasters den Ausguck hatte, und spähte aufmerksam über das Meer.

Gödeke, dem nichts entging, sah es und rief hinauf: „Was gibt's?"

„Ich sehe es noch nicht genau, Kapitän."

„So sperr deine Dorschaugen weiter auf! Wozu hab' ich dich hinaufgeschickt? Nun? Was ist's? Sind's etwa Londonfahrer?"

„Nein, Kapitän! Es muss ein treibendes Wrack sein."

„Weiter nichts?" höhnte Gödeke und winkte dem Mann am Ruder zu, den alten Kurs zu halten. Was kümmerte ihn ein Menschenleben und was gar ein treibendes Wrack?

Und dennoch wurde er plötzlich andern Sinnes und rief dem Steuermann zu: „Kurs aufs Wrack!"

Das Ruder flog herum, die Segel flatterten und schlugen klatschend an den Mast. Hart stampfte das Schiff im Strom, und dann flog es auf neuem Kurs dem treibenden Wrack entgegen.

Nach kurzer Zeit waren sie da, drehten bei und hielten sich längsseits. Neugierig beugten sich alle Matrosen über die Reling, und auch Gödeke Micheel lehnte sich über das Geländer seiner Kommandobrücke und blickte hinunter.

Als er den Schiffbrüchigen sah, der schwach und müde die winkenden Hände erhob, kam ein ihm bisher fremdes Gefühl über ihn. Er hatte auf all seinen See- und Kaperfahrten manchen Toten und Ertrinkenden im Wasser treiben sehen und sich kaltblütig abgewandt. Nun aber kam ihm plötzlich der Gedanke, dass ihn jeden Tag dasselbe Schicksal treffen könnte, und das machte ihn einen Augenblick weich, so dass er den Befehl gab: „Holt den Mann herauf! Aber schnell! Das Wrack treibt keine zehn Minuten mehr!"

Schnell ließen sie Trossen hinab. Einige Matrosen ließen sich daran hinunter, und nach kurzer Zeit lag der Gerettete bleich und wassertriefend auf dem Verdeck des „Seeschäumer". Er versuchte zu sprechen, aber kein Laut kam über seine Lippen; er lag wie ein Toter.

„Schafft ihn in die Kajüte! Wärmt ihn. Und wenn er wieder Luft schnappen kann, gebt ihm heißen Branntwein ein; das hat noch immer geholfen. Ist er soweit, dass er wieder auf seinen zwei Beinen stehen kann, schickt ihn zu mir, damit ich weiß, wen wir an Bord bekommen haben."

Dann nahm Gödeke Micheel seine Wanderung wieder auf und kümmerte sich nicht mehr um den Fremden.

Der lag indessen auf hartem Lager von Segeln und Trossen, und ein baumlanger Matrose, den die anderen Anker nannten, mühte sich, ihn durch hartes Reiben mit einem rauen Sacktuch ins Leben zurückzurufen. Lange arbeitete er vergebens. Endlich aber schlug der Fremde die Augen auf, erhob sich ein wenig, blickte mit großen Augen erstaunt um sich und sagte mit leiser Stimme: „Wo bin ich?"

„Ja, das möchtest du wohl wissen. Auf dem ‚Seeschäumer' bist du, dem schönsten Schiff, soweit die Wellen an die Küste schlagen."

„Wer ist der Kapitän?"

„Du fragst viel, mein Junge, und dabei wissen wir noch gar nicht, wer du bist. Woher kommst du eigentlich und wie heißt du? Aber trink erst einmal."

Er holte das Gefäß herbei und versuchte, dem sich Sträubenden das heiße, scharfe Getränk einzugießen.

„Trink nur, es tut dir gut. Und da, nimm auch von meinem Brot, damit du wieder zu Kräften kommst."

Der Fremde versuchte es zu essen und zu trinken; aber bald sank er wieder in tiefen Schlaf. Da ließ der lange Anker ihn in Ruhe, ging hinauf zum Kapitän und meldete ihm, was geschehen sei.

„So lass ihn bis morgen schlafen, Anker. Scheint ein kräftiger Bursche zu sein. Vielleicht können wir ihn brauchen. Ich werde ihn morgen ins Verhör nehmen."

Und weiter brach der „Seeschäumer" durch die tanzende, brausende See.

Als der Fremde früh am anderen Morgen erwachte, stand der lange Anker schon wieder vor ihm. Ein freundliches Grinsen breitete sich über sein salzluftgebräuntes Gesicht.

„Na, nun schaust du ja schon hell aus den Augen. Da, iss!"

Er reichte ihm Brot und Speck und Wurst. „Lang nur tüchtig zu! Es ist allerbeste Ware, selbst die Königin Margarete hat sie nicht besser. Und wenn ich bedenke, dass ihr alle diese Dinge gehört haben, bevor wir sie ihr abnahmen, dann wird mir fast bange drum, ob sie heute so gut speist wie wir beide."

Verständnislos blickte der Fremde ihn an, ließ sich aber nicht lange nötigen, sondern langte herzhaft zu, dass selbst Anker erstaunte.

„Junge, Junge, hast du einen Hunger! Aber nun sage mir, wer du bist und woher du kommst."

„Bis du der Kapitän?"

„Nein, ich bin nur Matrose und heiße Anker."

„Dann sag' ich's dir auch nicht, wer ich bin. Nur dem Kapitän sage ich's. Aber wer seid ihr?"

„Das bekommst du noch früh genug zu wissen. Aber das kann ich dir sagen, schön ist es bei uns, und wenn du das Glück hast, bei uns bleiben zu dürfen, so kannst du dich freuen."

„So führ mich zum Kapitän."

„Das geht nicht so ohne weiteres. Er wird dich schon rufen, wenn er dich sprechen will."

„Wie heißt er?"

„Frag ihn selbst."

Damit verließ Anker ihn und ging an Deck. Als er an der Kapitänskajüte vorbeiging, öffnete Gödeke Micheel die Tür und fragte nach dem Fremden.

„Bring ihn zu mir!“

Einen Augenblick später stand der Fremde vor dem Kapitän. Erstaunt schaute er sich in der Kajüte um. Kostbare, bunte Teppiche hingen an den Wänden herab, und von blanken Ebenholzborden glänzten goldene und silberne Geräte. Schwere Waffen lehnten in den Ecken und zwischen den drei runden Schiffsfenstern hingen farbige Seidenfahnen, deren Wappen von all den Städten und Ländern erzählten, über deren Mauern und Schiffen die bunten Wimpel geweht hatten.

Eine Weile weidete sich Gödeke an dem Staunen des Fremden. Dann sagte er kurz: „Du wunderst dich über all die Pracht? Jedes Prunkstück ist die Erinnerung an einen großen Tag.“

Noch immer schwieg der Fremde.

„Du gefällst mir“, fuhr Gödeke fort. „Ich bin bereit, dich in meinen Dienst zu nehmen: ich brauche tüchtige Kerle, und du siehst mir danach aus, als könnte man dich zu Mord und Totschlag führen. Hast du die Galgenvögel an Bord gesehen? Wirst schon dazwischen passen.“

Eine Blutwelle schoss dem Fremden ins Gesicht. Er reckte sich empor, und hastig fuhr seine Rechte an den Gurt.

Da kreuzte Gödeke lachend die Arme über die Brust:

„Nun weiß ich, was du bist. Allzu schnell fuhr deine Hand dahin, wo das Schwert zu hängen pflegt. Hab's mir gleich gedacht. Aber sei getrost, es ist unter meinen Matrosen manch Ritterbürtiger, manch edler Junker, dem von allem weder Name noch Burg geblieben und der als Hans Habenichts froh ist, zu den Seeschäumern gehören zu dürfen. Also gib mir die Hand und komm!“

„Wer bist du?“ kam es stockend über die Lippen des Fremden.

Hastig unterbrach ihn Gödeke: „Was geht's dich an, solange du nicht eingeschlagen hast! Hab ich dich nach deinem Namen gefragt?“

„Noch bin ich keinem dienstbar gewesen, und wenn ich heute Dienst annehme, will ich wissen, unter wessen Banner ich stehe. Diebsgesindel dien ich nicht!"

Ganz nahe trat der Kapitän vor ihn und blickte ihn mit zornigen Augen drohend an.

„Du redest kühn, Fremdling! Weißt du, was ich sonst immer mit solchen tue, die mir widersprechen? Haie und Rochen füttere ich mit ihnen. Aber", und ein leises Lächeln huschte sekundenlang über sein Gesicht, „du gefällst mir, und ich hätte dich gern unter meinen Leuten. Geh zurück in den Raum und überlege dir's. In einer Stunde rufe ich dich wieder, und dann bist du entweder mein Dienstmann, oder die Haie fressen dich." – Der Fremde ging.

Gödeke Micheel blieb in der offenen Tür seiner Kajüte stehen und sah ihm nach. Was fesselte ihn an dem Mann? War es seine hohe Gestalt, sein stolzer Gang oder das trotzige, mutige Auge? Er wusste sich keine Rechenschaft darüber zu geben. Mit langsamen Schritten ging er in seiner Kajüte hin und her. Aber nicht wie sonst glitten seine Augen froh und stolz über die an den Wänden hängenden Prunkstücke, sondern blickten bald auf den teppichbelegten Fußboden, bald durch eins der Fenster, ohne doch an irgendeinem Gegenstand haften zu bleiben. Endlich trieb ihn die Unruhe auf die Kommandobrücke hinauf. Er zwang seine Augen, über die See zu blicken, die schäumend am Bug aufspritzte, und konnte es doch nicht verhindern, dass sie immer wieder den Weg nach dem Raum nahmen, aus dem das Schwatzen der Mannschaft heraufkam.

Der lange Anker war in der Nähe der Kapitänskajüte geblieben und hatte auf den Fremden gewartet. Als er heraustrat und er sein bleiches, trotziges Gesicht sah, machte er sich an ihn heran.

„Nun, was sagte der Kapitän?" forschte er.

„Lass mich!"

„Nun, nun, nicht so wild, mein Freund. Gehörst du nun zu uns?"

„Nein!" grollte der andere.

„Ja, sage ich! Denn sonst lägest du jetzt drunten in der See und brauchtest ums Verdürsten nicht bange zu sein. Ich kenne doch den Kapitän; der lässt nicht mit sich spaßen, und also gehörst du zu uns."

Wieder brauste der Fremde auf: „Nein, sage ich dir! Heute nicht und morgen nicht! Nie und nimmer! Und nun wirf mich meinetwegen in die See."

„Das sagst du so leichthin. Das Ertrinken lässt sich nur einmal machen, und dazu hast du später noch Gelegenheit genug. Aber komm mit in eine dunkle Ecke, wo uns niemand sieht und hört. Da will ich dir etwas erzählen, was dir die Wahl leicht machen wird."

Unwillig folgte ihm der Fremde: „Nun, was ist's?"

„Setz dich erst einmal ruhig hin, damit mich niemand hört. So! Und nun hör zu. Ich bin wohl gut zwanzig Jahre älter als du und habe allerhand auf der Welt gesehen. Es gibt nicht viele Meere, die ich nicht durchfahren habe, und nicht viele Hafenstädte, in deren Schenken ich nicht gesessen. Hab' manchen Hieb und Stich abgekriegt, aber mich immer noch durchgehauen. Manchem Kapitän hab' ich gedient; keinem so gern und willig, wie dem, auf dessen Planken ich jetzt fahre. Manch tolles Stück hab' ich erlebt; das tollste war aber doch droben in Wisby auf Gotland. Kennst du Gotland? Nein, woher solltest du es auch kennen? Eine Insel ist es, droben im Ostermeer, und die Bewohner dort sind reicher als der Kaiser von Indien. Sie wissen es auch und singen darum bei all ihren fröhlichen Gelagen ihres Reichtums Lied:

De Guther hafner saa mogit Guld,
de kunde det icke eino;
Svinen jätter aff Sjölfuer Trug,
Hustruen spinder med Guldthieno.

Manch liebes Mal, wenn ich mich auf unserer Kogge über die Reling lehnte und nach Wisbys Türmen hinüberschaute, hörte ich das Lied aus den Schenken durch die Gassen dröhnen. Es ist ein stolzes Lied, sage ich dir, und heißt auf Deutsch:

Die Gotländer haben so viel Gold,

dass sie es nicht fassen können;

die Schweine essen aus silbernen Trögen,

die Hausfrauen spinnen mit goldenen Spindeln.

Was meinst du wohl, wie uns die Finger nach ihrem Gold juckten! Waldemar Atterdag, dem Dänenkönig, auch.

Ich diente auf einem seiner Orlogschiffe. Das war dir eine Freude. ‚I morgen er atter en Dag', sagte er, das heißt morgen ist auch ein Tag, und so war jeder neue Tag ein neues Fest. Aber das schönste Fest war doch an einem schönen Julitage im Jahre 1361. Da rückten wir mit all unseren Schiffen vor Wisby, das man damals noch das ‚nordische Rom' nannte. Trotzig sah uns die dreißig Fuß dicke Stadtmauer an, als wollte sie sagen: An mir könnt ihr eure dänischen Dickschädel einrennen! Und hochmütig blickten über diese Mauerwehr die 48 Türme zu unsern Masten herüber. Aber höher noch als die Mauertürme ragten die Klosterkirchen in die blaue Luft. Denk dir, die Heiliggeistkirche war hundert Fuß hoch und wurde von Säulen aus geschliffenem Marmor getragen, und auf der Turmspitze der Dominikanerkirche St. Nikolaus blitzten zwei große Karfunkel wie ein zuckendes Feuer über die ganze Stadt.

Aber glaubst du, dass wir uns fürchteten? Nun hieß es nicht: ‚Morgen ist auch ein Tag', sondern: ‚Heute müssen wir hinein!'

Und dann begannen wir zu stürmen, König Waldemar voran.

Es war ein hartes Stück Arbeit; aber wir haben es doch geschafft, und als die Mittagsglocke vom Dom rief, waren wir drinnen. Lag allerdings mancher im Gras, der das Aufstehen vergaß. Doch wir andern, wir waren drinnen und ließen die Augen um und um gehn, um auszukundschaften, wo es am lohnendsten sei, einzubrechen, wenn der Befehl zum Plündern käme.

Aber König Waldemar hatte heute seinen besonderen Tag.

Er ließ von einigen feinen Wisbyer Junkern drei riesige, leere Öltonnen herbeirollen und auf den Marktplatz stellen und durch die ganze Stadt ausrufen: ‚Füllt die Tonnen mit Gold! Und sind sie nicht in drei Tagen gefüllt, lass ich plündern!'

Am ersten Tage kam nicht viel. Als aber unsere Keulen und Hellebarden ein wenig nachhalfen, wurde der Rat gefügig, und am Mittag des dritten Tages waren die drei Tonnen bis an den Rand mit blinkendem Gold gefüllt.

König Waldemar stand daneben und lachte, dass es weit über den Markt dröhnte, und je verbissener der Wisbyer Rat dreinschaute, desto lauter lachte er.

‚Habt Dank, ihr edlen Herren!' rief er dann, zog sein langes Schwert aus der Scheide und stützte sich darauf. ‚Es ist nicht gut, das Herz an irdische Dinge zu hängen, sagen eure Pfaffen! Und so dankt mir dafür, dass ich euch davon erlöse, indem ihr das sündhafte Gut auf meine Schiffe tragt. Vorwärts!'"

„Das sagte er?" unterbrach der Fremde den langen Anker, „und du warst dabei?"

„Jawohl, das sagte er, und stand daneben und half dann selber die feinen Herren antreiben, ihren Tribut auf die Schiffe zu tragen. Aber wenn du meinst, dass es bei diesen drei Tonnen Goldes blieb, wirst du dich wundern, wenn ich dir sage, dass wir außerdem noch aus den großen Kaufhäusern so viele Kostbarkeiten herbeischleppten, dass unser größtes Schiff unter der Last sank. Es war jammerschade! Waldemar Atterdag aber stand auf seiner Königskogge, sah die Wellen über den Schätzen zusammenschlagen und rief, dass sie am Ufer es alle hören konnten: ‚Lustig Gesellen! Morgen ist auch ein Tag!'"

Der lange Anker schwieg und blickte mit zusammengekniffenen Augen erwartungsvoll auf den Fremden. Dann begann er leise und vorsichtig: „Nun? Was sagst du dazu? Wie gefällt dir der Waldemar?"

Der Fremde holte tief Atem: „Das muss ein gewaltiger Herr sein."

„Und unter ihm zu dienen und zu kämpfen –"

„– muss ritterliche Lust sein."

„Ja, das ist es."

„Warum bist du nicht bei ihm geblieben?"

Der lange Anker sprang auf: „Weil ich einem besseren Herrn dienen will!"

„Einem besseren als Waldemar Atterdag?" fragte der Fremde.

„Jawohl, dem Tapfersten, den ich kenne."

„Wer ist dein Herr?"

„Gödeke Micheel."

Der Fremde packte Anker an beiden Schultern mit klammernden Händen fest und stieß hastig hervor: „Gödeke Micheel, sagst du? Der Pirat, vor dem Frauen und Kinder im Lande zittern, soweit die Kunde von ihm zu ihnen gedrungen ist?"

„Ach was, Weiber und Kinder! Andere sollen vor ihm zittern und tun es auch, wenn sie unser Feldgeschrei hören: Gottes Freund und aller Welt Feind!"

„Das ist ein starkes Wort, Anker!"

„Und starke Arme stehen hinter dem Wort. Wir sind die Likendeeler, die Gleichteiler, die den reichen Prassern ihr mühelos gewonnenes Hab und Gut nehmen und es unter uns verteilen, die nichts haben. Die Gleichmacher sind wir, und also sind wir Gottes Freunde und die Feinde der falschen Welt. – Nun, stehst du nun zu uns? Du bist ein Junker, ich hab' es dir gar wohl angemerkt. Es sind viele deiner Art bei uns, und alle haben sie irgendetwas Heimliches, das nach Rache schreit."

„Ja, Anker, Rache! Das ist es, Rache! Führ' mich zum Kapitän!"

Was die Not der letzten Tage in ihm unterdrückt hatte, das brach jetzt mit jäher Wucht in ihm empor und rief nach Vergeltung. Ihm war plötzlich, als habe sein Leben Sinn bekommen dadurch, dass ihm die Möglichkeit gegeben wurde, einer Schar eingereiht zu werden, die auszog, an aller Welt für alles begangene Unrecht Vergeltung zu üben. Sein ganzer Hass, der sich auf alle lenkte, die ihm bisher Unrecht, Schmach und Schande angetan, oder die sich geweigert hatten, ihm beizustehen im Kampf gegen seine Peiniger, der sollte hier Genossen finden, sollte zu einem Kampf gegen alle Tücke der ganzen Welt werden.

Er wartete es gar nicht ab, dass Anker ihn zum Kapitän führte, sondern stürmte voran, sprang die Treppe zum Verdeck empor und stand vor ihm:

„Gödeke Micheel! Hier bin ich und hier bleib ich!"

Beide Hände streckte er vor und blickte erwartungsvoll in die leuchtenden Augen des Führers.

„Also hast du dich besonnen?"

„Jawohl! Und hiermit gelobe ich dir Treue."

„Und wer bist du?" fragte Gödeke Micheel zögernd.

„Frag mich nicht. Keine andere Antwort kann ich dir geben als: Gottes Freund und aller Welt Feind."

„Gut gesprochen! Und wie sollen wir dich nennen?"

„Nenne mich, wie du willst."

„Gut. So schlag ein, und damit gehörst du zu uns. Anker, hol den Becher, dass er das Bündnis mit einem Trunk besiegle."

Der lange Anker lief davon und kam nach kurzer Zeit mit einem großen mit Wein gefüllten zinnernen Becher zurück.

Gödeke nahm ihn, trank einen Schluck und reichte ihn dem Fremden: „Sei uns willkommen – –"

Er suchte nach einem Namen und schwieg. Der Fremde kam ihm zu Hilfe: „Klaus nannten mich die Meinen."

Dann hob er den Becher, setzte ihn an, leerte ihn bis zum Grunde, drückte ihn dann mit beiden Händen zu einem Klumpen zusammen, warf ihn weit in die See hinaus und rief mit trotzigem Lachen: „Ist's dir leid um den Becher, Gödeke, so hol' ich dir einen neuen aus Wisbys, Lübecks oder Stralsunds Schatzkammer. Aber keiner darf je aus dem Becher trinken, mit dem du mich willkommen hießest!"

Erstaunt trat Gödeke Micheel einen Schritt zurück.

„Beim heiligen Neptun, dich kann ich brauchen!"

Dann schütterte sein Lachen über das Verdeck, und mit hallender Stimme rief er: „Sei uns noch einmal willkommen, der du den Becher stürzen kannst wie keiner. Willkommen, Klaus Störtebeker!"

Und aus hundert rauen Kehlen scholl es übers Meer:

„Klaus Störtebeker!" – „Klaus Störtebeker!"

Dänische Ränke

Im Jahre 1375 war Waldemar Atterdag gestorben. Lachend hatte er einer Welt von Feinden getrotzt, trotzig und lachend war er in den Tod gegangen.

Da er keine männlichen Nachkommen hatte, stritten sich Herzog Albrecht der Jüngere von Mecklenburg, der Sohn seiner ältesten Tochter, und Oluv, der Sohn seiner jüngsten Tochter Margarete, um den Thron. Die kluge und rücksichtslose Margarete setzte es, wenn auch unter großen Opfern und nach vielen Zugeständnissen an die Hansestädte und die holsteinischen Grafen, durch, dass ihr Sohn Oluv im Jahre 1376 von Dänemark zum König gewählt wurde. Die eigentliche Regéntschaft lag in ihren Händen.

Natürlich sträubten sich die Mecklenburger Großen, Oluv als König anzuerkennen und sannen heimlich darauf, ihn zu stürzen. Als aber Herzog Albrecht starb, hatte ihr Widerstand gegen den neugewählten König von Dänemark keinen Zweck mehr, und daher gaben sie den Kampf auf.

Die nun einsetzende Ruhezeit nutzte Margarete aus, um das Land nach außen zu festigen und im Innern des Landes die Ordnung wiederherzustellen. Sie suchte, oft unter großen Opfern, gute Beziehungen zu den Großen nicht nur Dänemarks, sondern auch der Nachbarländer herzustellen, und so gelang es ihr auch, als im Jahre 1380 ihr Mann und Oluvs Vater, König Håkon von Norwegen, starb, dem jungen Dänenkönig die norwegische Krone zu erwerben.

Aber nicht lange erfreute sich Oluv dieses Glücks. Schon im Jahre 1387 starb er, und nun erhoben die Mecklenburger wieder Anspruch auf die Regentschaft in Dänemark.

Margarete aber verstand es, durch List und Versprechungen zu erreichen, dass sie selbst nicht nur von Dänemark, sondern auch von Norwegen zur Königin ernannt wurde. Ja, sie verstand es, auch in Schweden so geschickt zu werben, dass sie hoffen durfte, ihre kühnsten Träume, die Vereinigung der drei nordischen Reiche unter ihrem Zepter, in Erfüllung gehen zu sehen.

In Schweden regierte damals König Albrecht aus dem mecklenburgischen Herzogsgeschlecht.

Er hatte gesehen, wie Dänemark, auf das sein Haus Anspruch gehabt hatte, verlorengegangen war, und mochte nun fürchten, dass es, dank der ränkevollen Margarete, ihm in Schweden ähnlich ergehen und ein Stück seines Landes nach dem andern abbröckeln würde. Dem wollte er von vornherein vorbeugen, allerdings durch eine falsche Art. Statt seine Macht auf die Großen in Schweden zu stützen und diese durch Vorteile und Zuwendungen sich willig und zugetan zu machen, sorgte er nur für seine deutschen Verwandten, belohnte sie mit Land und Gut, mit Posten und Würden. Darum war es kein Wunder, da die schwedischen Grafen und Großen sich mehr und mehr von ihm abwandten und heimlich mit Margarete zu verhandeln begannen.

Sein ärgster Gegner war der Drost Bo Jonson Grip, der mit glühendem Hass im Herzen auf seiner Burg Gripsholm saß und keinen anderen Gedanken kannte als den, König Albrecht zu stürzen. Auf allen Ritterversammlungen trat er offen gegen den König auf und beschimpfte ihn. Gestützt auf die große Macht, die er als einer der reichsten Männer des Landes hatte, und auf den Einfluss, den er auf die Mächtigsten in Schweden besaß, sagte er sich frei und offen von ihm los und weigerte ihm Dienst und Abgaben.

Noch aber fühlte sich Albrecht im Bunde mit den mecklenburgischen Großen und Städten stark genug, den Kampf gegen den widerspenstigen Drost aufzunehmen, umso mehr, da er über eine stattliche Schar von deutschen Landsknechten verfügte und auch der Hilfe der die Ostsee mehr und mehr unsicher machenden Seeräuber, die sich immer seines heimlichen Schutzes sicher waren, gewiss war.

„Sie nennen euch Hattebröderer und spotten eurer deutschen Landsknechthüte", sagte er zu seinen Getreuen. „Wohlan, wir wollen ihnen zeigen, dass unter den deutschen Hüten ein starker Wille lebendig ist und unter den deutschen Wämsern ein tapferes Herz schlägt. Wi willn em gripen! Wir wollen ihn greifen, den frechen Bo Grip, und ihn auf den höchsten Galgen hängen. Da mag er weiterspotten, wenn ihm Luft und Lust nicht ausgehen."

Mit einer großen Schar seiner verwegensten Landsknechte zog König Albrecht vor die Burg Gripsholm, legte sie in Trümmer und nahm dem Drost alle Güter. Ihn selbst zu fangen, war ihm aber nicht gelungen. Rechtzeitig hatte sich der Drost davongemacht, sich nach Dänemark durchgeschlagen und sich bei Königin Margarete in Sicherheit gebracht.

Nicht lange blieb es Albrecht verborgen; denn nun, wo der mächtigste schwedische Feind Albrechts am dänischen Hofe weilte und täglich den Ehrgeiz der Königin aufstachelte, trat sie immer offener mit ihrem Plan hervor, sich auch die schwedische Krone aufs stolze Haupt zu setzen.

Albrechts Zorn kannte keine Grenzen. „Die Königin von Dänemark spottet über meine Landsknechte? Bei Gott, ich gehöre auch zu den Hattebröderern und trage denselben Hut wie diese. Aber das schwöre ich bei allem, was heilig ist: Nicht eher werde ich wieder einen Hut aufsetzen, bis ich die stolze Margarete im Staube vor mir liegen sehe. So groß sie sich dünkt, so klein soll sie werden, und euch allen, meine tapferen Landsknechte, soll sie die Schuhe putzen. Was will ein Weib mit Schwert und Krone? An Webstuhl und Nähtisch gehört sie und nicht auf den Thron!"

Er ließ aus dickem Beiderwandtuch, wie es die Bauernweiber als Röcke trugen, eine Fahne machen und sandte sie ihr zu, desgleichen einen Schleifstein, und ließ ihr durch den Boten melden: „Du falsches Weib, da hast du, was dir zukommt: eine Fahne aus Weiberrock und einen Stein, darauf du die Nähnadeln schleifen magst, die dir besser zur Hand stehen als Zepter und Schwert. Und hüte dich, dass wir dich nicht fangen! Meine Landsknechte wünschen eine Magd, und du könntest es werden; denn besser taugst du zur Kuhmagd als zu einer Königin."

So kam es zum Kampf.

Vergebens wandte sich Albrecht hilfesuchend an Deutschland, vergebens an die Hanse, der er klarzumachen versuchte, dass ein Sieg der großen Königin des Nordens die Seefahrtsrechte der Hansestädte schmälern würde. Keiner stand ihm bei, und so wurde er in der Schlacht bei Falköping im Jahre 1388 vollständig geschlagen und gefangen und gefesselt mit seinem Sohn Erik vor die Königin Margarete geführt.

Kettenbeschwert standen die beiden vor ihr.

„Ich freue mich, Albrecht", rief sie ihm voll Hohn entgegen, „dass du bei mir zu Gaste gekommen bist! Sei willkommen in Dänemark!"

Zähneknirschend blickte der gefangene König vor sich nieder: „Heute mir, morgen dir, Margarete."

„Nein, heute dir, und dass es mir weder morgen noch je gelten wird, dafür werde ich schon sorgen. Seht ihn euch an", wandte sie sich an ihre Umgebung, „seht ihn euch an, den Landsknecht, der sich anmaßte, König von Schweden zu sein."

„Wie du, falsches Weib."

„So hast du mich schon einmal genannt aber dem Boten, der mir diesen Gruß von dir überbrachte, ging es besser als dir. Erhöht habe ich ihn, an den höchsten Galgen gehängt. Es war unrecht von mir, ich weiß es. Ich hätte ihn mit meinem Dank zu dir zurücksenden sollen. Aber ich habe immer geglaubt, dass der Tag kommen würde, an dem ich dir selbst den Dank aussprechen könnte. Der Tag ist schnell gekommen, König Albrecht."

Der Gefangene rüttelte an seinen Ketten, als wolle er die Arme lösen und sich auf die höhnisch lachende Königin stürzen.

„Du hast mir Geschenke gesandt, kostbare, königliche Geschenke. hast du vergessen, was es war? Soll ich es dir sagen? Armseliger Narr, hattest du nichts Besseres zu vergeben? Sieh, wie königlich ich dich beschenke!" Sie winkte einen ihrer Diener herbei, der einen in Tücher gehüllten Packen trug.

„Knie nieder, Albrecht", befahl sie, und als er nicht gleich gehorchte, sprangen ein paar Geharnischte herzu und drückten ihn gewaltsam in die Knie.

„Du wolltest keinen Hut aufsetzen", höhnte Margarete weiter, „bis ich demütig vor dir im Staube läge. Trefflich hast du dein Wort gehalten, Albrecht! Aber auch ich halte das Wort, das ich mir selber gegeben habe, nämlich dir mit eigenen Händen einen Hut aufs Haupt zu setzen. Eine Krone hab' ich für dich machen lassen. Ist's auch nicht die schwedische, die dir übel stehen würde, so doch ein Kopfputz, der dir zukommt und dem deine Landsknechte und Seeräuber begeistert zujubeln werden."

Damit hob sie die verdeckenden Tücher, holte eine fünfzehn Ellen hohe Narrenkappe mit einem neunzehn Ellen langen Schweif aus der Umhüllung hervor und setzte sie dem zornbebenden Schwedenkönig aufs Haupt.

Ein gellendes Hohngelächter schütterte durch den Raum.

Der Gefangene sprang auf, aber vergebens bemühte er sich, den Schimpf vom Kopf zu reißen, und je mehr König Albrecht sich abmühte, desto lauter scholl das höhnische Gelächter der Königin und ihrer Ritterschaft.

Endlich gebot sie durch eine Handbewegung Stille.

„Siehst du, Albrecht, dass ich mein Wort besser gehalten habe als du das deinige? Aber ich bin des Narrenspiels müde und deines Anblicks satt. Deine Königskrone hast du verspielt. Was willst du nun beginnen? Es bleibt dir nichts anderes übrig, als dein Land und deine Schlösser mir freiwillig zu übergeben."

„Niemals!" brauste der Gefangene auf.

„Du willst es nicht?" sagte Margarete mit kalter, harter Stimme.
„Nein!"

Sie wandte sich an einige Gewappnete: „Legt ihn auf die Folter und zwickt ihn, bis er meinen Willen tut."

Stolz und hochmütig rauschte ihr langes Schleppengewand an König Albrecht vorbei dem Ausgang zu. Kaum war hinter ihr und ihrem Gefolge die Tür geschlossen, da packten die herbeigerufenen Henkersknechte den Gefangenen und schleppten ihn fort. Nach schweren Folterqualen legten sie ihn in Eisen und führten ihn auf das Schloss Lindholm und bargen ihn dort im tiefsten Kellerverlies.

Margarete hatte das Ziel ihrer ehrgeizigen Pläne erreicht: ganz Schweden war in ihren Händen. Nur Stockholm, das von den deutschen Landsknechten besetzt war, hielt treu zu König Albrecht.

Als die Kunde von Albrechts schmachvoller Gefangenschaft nach Mecklenburg drang, durchbrauste ein einziger Wutschrei das Land.

Albrechts Bruder, Johann von Stargard, eilte von Burg zu Burg und rief die ganze Ritterschaft zum Kampfe gegen Margarete und die nordischen Reiche und zur Befreiung des Königs auf. Dann wandte er sich an die Kaufleute und Bürger, und vor allem waren es die mächtigen Städte Rostock und Wismar, die sich sofort zum Kampf bereit erklärten. Sie stellten die berüchtigten Kaperbriefe aus und öffneten ihre Häfen allen, „dy uff ir eygen ebentur wellen keren und fahren, dat rike czu denemarken czu beschedigen". Das hieß mit anderen Worten, dass sie offen in ein Bündnis mit allen Piraten und Seeräubern traten, die schon seit Jahren in der ganzen Ostsee ihr Unwesen trieben. Sie verlangten ferner von allen Hansestädten, die Ost- und Nordseefahrt betrieben, die Segelfahrt nach Norden einzustellen und zu versprechen, den Feinden keinerlei Zufuhr zukommen zu lassen.

Die Herren der See

Der Westwind stürmte vom freien Ozean herein und trieb die schwarzen, schaumgekrönten Wellen brechend und brandend gegen Norwegens Klippenstrand, dass sie an den steilen, nackten Felsen hochaufklatschten und der weiße Gischt wie stiebender Schnee in die Lüfte flatterte.

Seit mehr als einer Woche lagen die Koggen, die unter Gödeke Micheels Kommando standen, schutzsuchend in einer engen Felsenbucht, die Besatzungen fluchten auf ihre Tatenlosigkeit und warteten Stunde um Stunde auf ein Abflauen des Sturms.

Sie hatten schwere Wochen hinter sich.

Englands Küste hatten sie unsicher gemacht. Bis unter Helgoland hatten sie sich gewagt und ausfahrenden Hamburger und Bremer Londonfahrern aufgelauert. Beutelos waren sie an Schottlands dunklen Klippen vorbeigetrieben, waren dann über die See nach Osten gekreuzt, um unter der norwegischen Küste reichbeladene Bergenfahrer abzufangen, und fluchten nun auf die feigen Hansekoggen, die sich vor Sturm und See fürchteten und im Hafen liegenblieben.

Nichts war ihnen in den Kurs gelaufen, nicht einmal der kleinste Heringsfischer, und alles, was ihnen von ihren mühevollen Kreuzerfahrten geblieben war, waren zerrissene Segel und von der See zerschlagene Decksplanken.

Bei aller Wut über die erfolglose Fahrerei war Gödeke Micheel doch froh, hier einen geschützten Platz gefunden zu haben, in dem er seine Schiffe wieder kalfatern und mit seinen überanstrengten Gesellen ein wenig ausruhen konnte. Der „Seeschäumer“ sah schon wieder blank und seetüchtig aus, und auch die andern Schiffe trugen nur noch wenige Spuren der letzten Sturmfahrt. Wenn nur der Sturm ein wenig abflauen wollte, sollten die Segel wieder hochgezogen werden und die Fahrt um Skagen herum in die Ostsee gehen.

Lange hatte Gödeke Micheel allein in seiner Kajüte gesessen.

Der Wind heulte und pfiff in den Wanten und übertönte fast das Rufen der Matrosen und das Hämmern auf den andern Schiffen.

Plötzlich war es ihm, als sei der Wind umgesprungen und das Heulen und Pfeifen leiser geworden. Er trat an eins der verhängten Bullaugen, schob das Tuch zur Seite und sah hinaus. Die Dämmerung breitete sich über die rollenden, wälzenden Wogen; aber sie liefen schon müder und schwächer an den Klippenstrand, und die Masten waren nicht mehr in solch tanzender Bewegung. Der Himmel war klarer geworden; eben jagten die letzten schwarzen Wolkenballen über die Klippen landeinwärts.

Da streckte Gödeke die mächtigen Arme mit den geballten Fäusten weit von sich, und ein Lächeln lag in seinen trotzigen Augen. Vorbei war die Zeit der trägen Ruhe und des lähmenden Nichtstuns; morgen sollte die freie, tanzende See seine Schiffe wieder in ihre Arme nehmen und sie zu Kampf und Sieg tragen, und die Schwerter, die wie müde Wanderstecken in den Ecken seiner Kajüte standen, sollten wieder springen und singen.

Er riss die Tür auf und rief mit heller, jubelnder Stimme, dass die Matrosen erstaunt aufhorchten: „Klaus Störtebeker!“

Und der Ruf, von vielen aufgenommen und weitergegeben, hallte durch das ganze Schiff: „Klaus Störtebeker!“ „Klaus Störtebeker!“

Gödeke Micheel wusste, dass er nicht lange auf den Gerufenen zu warten brauchte; denn immer und überall war er zur Stelle. Schweigsam zwar tat er seinen Dienst, aber er tat ihn auch niemals nur auf Befehl, wie die andern, sondern griff aus eigenem Antrieb überall an, wo es Not tat, und was er tat, das tat er mit Bedacht und Umsicht. In allen Dingen konnte Gödeke Micheel sich auf ihn verlassen. Das hatte er oft genug erfahren und hatte ihn daher nach dem letzten Kampf an die Stelle des gefallenen Steuermannes gesetzt. Von da an stand er Tag und Nacht in Sturm und Wetter am Ruder, und kein Sturm war ihm zu hart, keine See zu grob, er hielt stand, und darum sahen auch die wildesten Gesellen unter den Matrosen mit einer gewissen Ehrfurcht zu ihm auf und fügten sich willig auch seinen schwersten Befehlen.

Noch hallte der Ruf durch das Schiff, als Klaus Störtebeker schon in die Kajüte trat.

„Hier bin ich, Kapitän."

Wohlgefällig blickte Gödeke Micheel ihn an.

„Weißt du den Tag noch, als wir dich auffischten?"

„Ich weiß ihn, Gödeke Micheel."

„Und hast es nicht bereut, dass du bei mir geblieben bist?"

„Was soll's damit?" entgegnete Klaus kurz.

„Achja, davon willst du nichts hören, weil du fürchtest, ich könnte nach dem forschen wollen, was vorher gewesen ist. Sei ohne Sorge. Mir ist's gleich, ob meine Gesellen aus der Hölle oder aus dem Himmel stammen, wenn's nur ganze Kerle sind. Und du bist ein ganzer Kerl und sehnst dich darum wie ich nach ganzer Arbeit. Und die kommt jetzt. Morgen fahren wir."

„Morgen schon?" fragte Klaus, und seine Stimme klang hell und froh.

„Ja, morgen. Geh hinüber zu den andern und mahne sie zur Eile. Wenn die Sonne über Norwegen steht, hissen wir die Segel. Heute Nacht noch feiern wir Abschied von diesem Nest. Wenn der letzte Hammerschlag getan ist, sammeln sich alle auf dem ‚Seeschäumer' zum Abschiedsmahl."

Klaus Störtebeker blickte ihn erstaunt an.

Lachend legte Gödeke Micheel ihm beide Hände auf die Schultern: „Jawohl, Klaus, als wenn wir einen Sieg gewonnen und große Beute gemacht hätten. Und nun tu, was ich dir gesagt."

Nur wenige Minuten waren vergangen, da brauste ein lautes Jubeln von den andern Schiffen herüber, und Gödeke wusste, dass er wieder einmal das Herz seiner Gesellen gewonnen hatte. Was verlangten die auch mehr als gute Beute und laute Feste? Alles andere war ihnen gleich, und für diesen kurzen Genuss warfen sie, wenn es sein musste, lachend ihr Leben in die Schanze. Nur Klaus Störtebeker war anders. Dem war der Sieg alles, die Beute nichts. Wenn der Kampf Schiff gegen Schiff begann, sprang ihm ein wilder Hass aus den Augen, er focht wie ein Löwe, und wenn gar ein adliges Wappenschild vom Wimpel und Galion ihm entgegenleuchtete, kannte seine Kampfgier keine Grenzen, dann schwang er sein langes Schwert, bis ihm die Arme müde niedersanken. Kein Laut kam über seine Lippen: nur wenn das feindliche Schiff zerborsten in die gurgelnde Tiefe sank, schrie er einen seltsam fremden Jubelruf über die blutgefärbten Wogen. Nach Kampf und Sieg ging er ruhig, als wäre nichts geschehen, in seine Kajüte; die Beute war ihm gleichgültig, und wenn nicht Anker für seinen Anteil gesorgt hätte, wäre er immer zu kurz gekommen.

Auf den andern Schiffen wurde es allmählich stiller und stiller; nur dann und wann scholl ein Kommandoruf herüber. Ruderschlag tönte durch den dunkler werdenden Abend. Krachend schlugen die ankommenden Boote gegen die Bordwand des „Seeschäumers", und katzengeschwind enterten die Matrosen auf und stampften in ihren schweren Seestiefeln über das Verdeck.

Da trat Klaus Störtebeker zu Gödeke und meldete ihm, dass die Schiffe seeklar und die Matrosen gekommen seien.

„Ja, ja", fügte er hinzu, „wenn's an Trog und Fraß geht, haben sie flinke Hände und Füße!"

„Bist du unter die Pfaffen gegangen, Klaus? Gönne es den Gesellen! Wer weiß, ob sie nicht schon morgen am Grunde der See liegen. Und nun lass Licht machen“

Einen Augenblick später flammten die Pechfackeln auf und erleuchteten das ganze Schiff vom Raum bis zu den Mastspitzen. Große Fässer starken deutschen Biers, von irgendeiner Hansekogge erobert, und mächtige Krüge, gefüllt mit dänischem Branntwein, wurden herbeigeschleppt, dazu Brot und Speck, und dann begann ein wüstes Gelage.

Nur für kurze Zeit mischte sich Gödeke Micheel unter die grölenden Matrosen. Dann schritt er in seine Kajüte zurück, wo seine Unterkapitäne Wigbold und Wichmann vor großen Humpen Platz genommen hatten. Der dicke Wichmann, der vor Jahren mit seinem Bergenfahrer „Wal“ kurzerhand zu Gödeke Micheel übergegangen und seitdem sein treuer Begleiter war, saß behaglich zurückgelehnt in einem mächtigen Sessel, der einst das Rathaus von Bergen geschmückt hatte, hatte die Beine auf einen andern Stuhl gelegt und lachte dem eintretenden Gödeke trinkfroh entgegen: „Recht hast du getan, Kapitän, dass du uns aus diesem elenden Erdenwinkel herausgeholt hast und uns wieder in die freie See führen willst. Und gut ist dein Wein.“

Gödeke lächelte leise und meinte lässig: „Könige trinken königliche Weine.“ Da schlug Wigbold, den sie den Magister nannten, weil er, gepackt von Abenteuerlust, vorzeiten von der hohen Schule fortgelaufen war und sich zu den Seeräubern geschlagen hatte, beide Hände krachend auf seine speckigen Lederhosen und rief mit seiner quarrenden Stimme: „Königliche Weine! Ja, bei allen Heiligen, königliche Weine sind’s, und hätten wir sie nicht dem Hamburger abgenommen, hätte sich heute vielleicht die Königin Margarete, für die sie bestimmt waren, daran ergötzt. Ich sage es immer: die göttliche Weltordnung lenkt alles nach großen Gesetzen. Als ich noch auf der hohen Schule zu Rostock war –“

„– da warst du ein Saufaus wie heute“, unterbrach Wichmann ihn lachend. „Lass deine Reden, füll dir den Wanst, aber langsam, damit du klar bleibst und verstehst, was Gödeke Micheel uns zu sagen hat."

Es bedurfte dieser Aufforderung nicht. Mit beiden Händen umfasste Wigbold einen vollen Humpen, hob ihn an den Mund und setzte ihn erst ab, als er bis auf den letzten Tropfen geleert war. Dann bog er sich behaglich grunzend zurück, strich sich den nassen Bart, klopfte sich auf den Bauch und schmunzelte: „Es lebe die Königin Margarete! Ihren Wein werde ich loben, solange er vorhält, wenn sie auch meinem Landsmann, dem Herzog Albrecht, das Leben sauer macht. Und nun spinn dein Garn, Gödeke Micheel. Was hast du vor? Ist's eine Tat zu Wasser oder zu Lande? Beides tut Not, um unsere Schiffsbäuche zu füllen."

Gödeke Micheel stand an die Wand gelehnt, gerade unter einer großen erbeuteten Flagge mit dem Lübecker Wappenzeichen darauf. Seine Augen hatte er groß und ruhig auf die beiden gerichtet, die faul in den Sesseln lagen und ihn weinselig anglotzten. Einen kurzen Augenblick lang huschte ein spöttisches Lächeln über sein Gesicht; dann aber erinnerte er sich plötzlich mancher gemeinsamer Notstunde und setzte sich zu ihnen.

„Wir fahren morgen." Die beiden nickten.

„Um Skagen geht die Fahrt, in die Ostsee hinein."

„Und wohin? Nach Bornholm oder Gotland?"

„Nein, auf Kaper zwischen Gotland und Pommern. Jeder geht auf eigene Fahrt und unter eigenem Befehl. Sind wir durchs Kattegat hindurch, trennen wir uns. In sechs Wochen treffen wir uns in unserem Schlupfwinkel auf Rügen."

„Weiter nichts?" knurrte Wichmann. „Ich glaubte, es würde endlich einmal wieder irgendein Nest der reichen Pfeffersäcke erstürmt und ausgehoben, vielleicht Bergen oder Wisby; wäre auch mit Bornholm zufrieden gewesen."

„Das sind ja Weibersachen, die wir vorhaben", brummte Wigbold.

„Dann macht Männersachen daraus!“ begehrte Gödeke auf und stieß seinen Humpen so hart auf den

Tisch, dass der Wein herausspritzte.

„Nun, nun, ’s war nicht so arg gemeint, Gödeke; aber es juckt in meinen Füßen, wieder einmal gegen eine Stadtmauer anzurennen und einige Tage hindurch mir’s in den Trinkstuben der Bürger behaglich zu machen.“

„Und aus Klöstern und Kirchen die heiligen Geräte zu holen, du frommer Magister der sieben Künste, nicht wahr?“ spottete Gödeke.

„Aber lass, das kommt später, wenn die Winterzeit das Fahren schwer macht. Doch nun stoßt an auf glückliche Fahrt!“

„Und reiche Beute!“

„Und gute Heimkehr!“

Ähnliches mochte in dieser selben Sekunde das Matrosenbewegen, dessen Rufen und Singen von Minute zu Minute wüster und lauter wurde; denn brüllend klang es in die Kajüte herauf, das wilde trotzige Lied:

„Des lieben Gottes Freund

und aller Welt Feind!“

Die drei wurden von der wilden Lust des Liedes angesteckt und sangen es aus voller Kehle mit. Lauter und lauter wurde oben und unten der Lärm. Einzelne Worte und Töne waren nicht mehr zu unterscheiden, alles lief zu einem wüsten Gebrüll zusammen und schwang sich wie ein höllisches Tohuwabohu über die Bucht in die nachtschwarzen Felsklippen. Dann und wann, wenn sich einige der trunkenen Gesellen in die Haare gerieten, schwoll das Schreien an, Stoß und Fall klang dazwischen auf; aber dann einigte sich alles wieder in den wilden Strophen ihres Seeräuberliedes:

„Des lieben Gottes Freund und aller Welt Feind!“

Der dicke Wichmann war in sich zusammengesunken. Ab und zu griff er lallend nach seinem Humpen; aber die Hand konnte ihn nicht zum Munde führen, und das weinvolle Gehirn konnte die Reime des Liedes, das er sonst so gern sang, nicht zusammenbringen. Bald schlossen sich seine Augen, und hart und knarrend füllte sein Schnarchen den Raum.

Magister Wigbold blickte stier vor sich hin und sprach von seinen hohen Schulen, wobei er sich oft selbst mit einem Lachen unterbrach.

Gödeke Micheel aber schritt langsam in der Kajüte hin und her. Oft hielt er in seiner Wanderung inne und lauschte, und dabei glitt immer ein Lächeln über sein wetterbraunes Gesicht. Er kannte seine Leute: Ein einziger Ruf genügte, um sie augenblicklich zur Ruhe zu bringen und, wenn es sein sollte, in Gefahr und Tod zu stürzen. Mitunter glaubte er, Klaus Störtebekers Stimme kurz und heil durch den Lärm hindurchgellen zu hören, und dann nickte er jedes Mal zufrieden mit dem Kopf und nahm seine Wanderung von neuem wieder auf. Endlich war er des Treibens müde, weckte seine beiden Genossen und wollte den Befehl erteilen, die Mannschaft auf die Schiffe zurückzuführen, damit sie sich für die morgige Fahrt durch genügenden Schlaf erfrische, als die Tür aufgerissen wurde und Klaus Störtebeker eintrat. Seine Hände waren zornig geballt, und die Augen lagen dunkel unter der gekrausten Stirn.

„Wann fahren wir, Gödeke Micheel?“ fragte er hastig.

„Hast du vergessen, was ich gesagt habe? Wenn die Sonne über Norwegen aufsteigt.“

„Dann schick die Leute in ihre Kojen. Es ist nicht ratsam, mit betrunkenen Matrosen in See zu stechen.“

„Ich bin Kapitän!"

„Und ich bin der Steuermann! Ich möchte es nicht erleben, dass uns morgen ein Bergenfahrer oder gar ein hanseatisches Friedeschiff in den Weg läuft."

„Seit wann bist du feige, Klaus Störtebeker?"

Klaus Störtebeker sprang vor ihn hin und hob beide Hände zum Schlag, aber lachend packte Gödeke sie, drückte sie fest und freundschaftlich und sagte wärmer als sonst: „So gefällst du mir, Klaus! So liebe ich dich! Aber sei unbesorgt, wir können mit unseren Gesellen, wenn es sein soll, in diesem Augenblick gegen jedes Orlogschiff rennen. Aber Recht hast du, es ist Zeit, zur Ruhe zu gehen."

Sie gingen beide an Deck. Wie eine Trompete klang Gödeke Micheels Befehl durch das ganze Schiff, und willig stiegen die Leute, wenn auch schwankend und immer noch grölend, in ihre Boote und ruderten zu ihren Koggen. Eine Weile dauerte noch der Lärm; dann war in der Bucht nichts mehr zu hören als das Singen des Windes in den Wanten und das Klatschen der Brandung an den Klippen. Hoch am Himmel segelte der Mond durch tausend brennende Sterne.

„Wer hat die Wache, Klaus?"

„Der lange Anker."

„Dann können wir ruhig schlafen."

Er stand schon auf der Treppe, die zu seiner Kajüte führte. Da wandte er sich noch einmal um und rief Klaus zu sich.

„Du hast die beiden in meiner Kajüte sitzen sehen. Wilde, verwegene Gesellen sind es. Aber junges Blut tut uns not. Das erste Schiff, das wir kapern, gehört dir, Klaus Störtebeker. Such dir selber eins aus. Und nun geh schlafen."

Knatternd stiegen am andern Morgen die Segel empor, und wie wilde Schwäne rauschten die Schiffe in die tanzende See hinaus, allen voran der flinke „Seeschäumer“ mit dem langen, flatternden Wimpel.

Der Sturm war abgeflaut; aber noch wehte eine steife Westbrise und drängte die Koggen in fliegender Fahrt durch das Skagerrak.

Sie lagen alle drei auf gleichem Kurs und hielten sich in gleicher Entfernung voneinander; erst hinter Skagen wollten sie sich trennen.

Klaus Störtebeker stand am Ruder des „Seeschäumers“, neben ihm, beide Hände fest auf der Ruderpinne, der lange Anker. Ab und zu glitten Ankers Blicke verstohlen über die Gestalt des Steuermannes, und dann stieg immer ein Freuen in ihm auf, und die Augen wurden ihm hell. War doch ein prächtiger, herzlieber Geselle geworden, den sie damals aus der Nordsee auffischten; zwar ein wenig zu ernst und schweigsam für sein Alter, aber ihm war's grade so lieb, er mochte die schwatzhaften Burschen, die es mehr im Maul als im Herzen hatten, nicht. Aber der Störtebeker, der hatte es im Herzen und in der Faust dazu. Wehe, wer ihm vor die springende Klinge kam! Die führte er nicht erst, seit er auf dem „Seeschäumer“ war, sondern wie ein Ritterbürtiger von Kindheit an.

„Gut führst du das Ruder“, sagte Klaus plötzlich aus einer langen Stille heraus, „es fällt keine Handbreit aus dem Kurs.“

„Wundert es dich, Klaus?“

„Es steuern nicht alle an Bord so sicher. Drum ruf ich immer dich herbei, wenn ich den Dienst am Ruder habe.“

Anker lachte still vor sich hin, blickte aufmerksam bald voraus, bald zu den andern Schiffen hinüber, warf dann plötzlich das Schiff herum, dass es hoch aufsprang, drückte es wieder in den alten Kurs und sagte dann zu Klaus Störtebeker, der ihn und sein seltsames Tun verwundert betrachtete: „Ich habe gehört, was Gödeke gestern zu dir sagte.“

„Hast du gelauscht, Anker?“

„Dessen bedarf es bei unserem Kapitän nicht, seine Stimme reicht ja von Schweden bis Pommern. Ich weiß, dass das nächste Schiff, das der ‚Seeschäumer' kapert, unter dein Kommando kommt. Glück zu, Klaus! Hoffentlich wird's ein tüchtiger Wogenreiter und Seewolf und nicht eine von den vielen plankenlahmen Heringstonnen, die von den Hamburgern und Lübeckern so oft um diese Zeit in die Ostsee geschickt werden."

„Wir versenken so lange, bis wir einen ordentlichen Renner gefangen haben. Und weißt du, wie er heißen soll? ‚Seewolf', und wie ein Wolf soll er die Meerlämmer, die großen und kleinen Koggen und Schniggen, hetzen!"

Klaus Störtebeker schwieg, als bereue er, schon so viel gesagt zu haben, und ging vor dem Ruderstand hin und her, von einer Schiffsseite zur andern. Anker ließ ihn nicht aus den Augen; er hatte etwas auf dem Herzen, das er unbedingt los sein wollte, und so begann er nach einer Weile, wenn auch ein wenig stockend und zaghaft:

„Wer soll dann dein Steuermann auf dem ‚Seewolf' sein, Klaus Störtebeker?"

Ein hastiger Blitz aus zorndunklen Augen schoss zu dem Frager hinüber, und härter und hastiger wurden die, die ganze Breite des Schiffes messenden Tritte. Minuten vergingen.

Dann wandte Klaus Störtebeker sich jählings zu Anker, legte seine beiden Hände dem Rudersmann auf die eisern, die Pinne umkrallenden Fäuste, bog sich ganz nahe an ihn heran, sah ihn mit großen leuchtenden Augen an und sagte mit lachender Stimme: „Wer Steuermann auf dem ‚Seewolf' werden soll? Der beste Mann, den die Planken des ‚Seeschäumers' tragen – du, Anker, und kein anderer! Aber nun schweig still davon, bis wir den ‚Seewolf' haben."

Damit verließ Klaus Störtebeker den Ruderstand, ging in den Raum hinunter, besah sich das Gewaffes, trat wieder an Deck, ergriff hier und da eines der vielen unter der Reling hängenden Beile, ließ dann die Blicke über die rund um den Mast aufgehängten Schilde, Schwerter und Morgensterne gleiten und nickte befriedigt.

Gödeke Micheel sah ihm von der Kommandobrücke aus zu.

„Alles in Ordnung, Klaus?"

„Alles klar, Kapitän."

„Fehlt also nur das neue Schiff. Aber sei getrost, wir nähern uns Skagen, und es sollte doch mit dem Teufel zugehen, wenn uns dort nicht irgendein Bergenfahrer in den Kurs käme; hab' hier noch immer gute Beute geschnappt. Wer steht am Ruder?"

„Anker."

„Und im Ausguck?"

„Hans Ahnefeld."

„Der lange Holsteiner, dem sie Burg und Felder genommen? Dem war der Schädel gestern Abend rot und heiß, sah heute früh noch aus, als hätte er rote Glaskugeln im Kopf statt der Augen."

„Ich werde hinaufsteigen."

„Und nach deinem Schiff Ausguck halten", lachte Gödeke und blickte dem wie eine Katze die Wanten hinaufkletternden Klaus nach.

Der stand nach kurzer Weile droben in der höchsten Mastspitze.

„Ist die See rein, Hans Ahnefeld?"

„Wie ein gefegter Rittersaal."

„Denkst du noch immer an früher? Ich nicht. Das Gestern ist gewesen, nur das Heute und Morgen lebt und hat Wert."

„Ja, du! Aber ich, Klaus Störtebeker", und er begann wieder einmal von der Ritterschaft in Holstein zu erzählen, wie er es immer tat, wenn ihm das Bier zu Kopfe stieg oder noch in seinem Schädel rumorte und ihm das Elend seines jetzigen Lebens doppelt fühlbar machte. „Alle Wälder und Felder in weitem Umkreis waren mein, und mein Name war Hans Ahnefeld. Nun sitz ich als Hans Ahnefeld in dieser engen Heringstonne und –"

Klaus Störtebeker unterbrach ihn kurz: „Jetzt bist du Gödeke Micheels Geselle und bist es aus freien Stücken mit all den andern. Ob wir Ritter- oder Sklavenkleider getragen haben, ist heute gleich. Und nun guck scharf aus, wir sind nahe unter Skagen."

Brummend schob Hans Ahnefeld sich die Kappe aus den Augen und ließ die Blicke über die See gehen. Aber Klaus, der der Wachsamkeit des andern nicht traute, blieb droben und spähte scharf aus.

Weißüberschäumt dehnte sich das rauschende Skagerrak vor ihnen. Große silberschwingige Möwen umgaukelten die Masten. Wildgänse schossen über sie hin, und dann und wann wälzte sich der blanke, blauschwarze Rücken eines Tümmlers aus der Flut. Ganz fern im Südosten stieg eine weiße Wand leuchtend am Horizont empor. Das mussten die Dünen von Skagen sein.

Da äugte Klaus Störtebeker noch schärfer über die blitzenden Wogen, bis ihm schier ein Brennen in die Augen stieg. Lange blickte er vergebens aus und wollte schon wieder nach unten steigen, als er plötzlich einen dunklen Punkt in weiter Ferne einsam über das Meer näher und näher kommen sah. – „Da, sieh da, Hans!"

Den Rücken vorgebeugt, mit der Hand die Augen beschattend, spähten beide über die See.

War es ein Schiff? War es eine dunkle Wolke? Klaus Störtebeker war in fieberhafter Erregung. Tausend Augen wünschte er sich, um rasch und deutlich zu erkennen, was draußen auf den Wellen schwamm. Glitt es nach Norwegens Küste hinüber, oder kam es mit dem Kurs, den sie selber fuhren, auf sie zu?

Die Minuten wurden ihm zu Stunden. Plötzlich richtete er sich steil auf. Seine jungen, scharfen Augen hatten in dem größer und größer werdenden schwarzen Punkt ein Schiff erkannt, das herwärts steuerte. Wie ein Horn formte er beide Hände vor seinem Mund und rief hinunter: „Schipp ahoi!“

Sofort gellte Gödeke Micheels Pfeife über das Deck, und aus allen Luken kamen die Matrosen heraufgesprungen. Es war ein Gewimmel wie in einem Ameisenhaufen. Wilde, hastige Kommandorufe erschollen, und kaum war Störtebeker wieder unten, da hatten schon alle ihre Plätze eingenommen und standen, Schwerter und Beile zum Schlag bereit, hinter der hohen Reling versteckt und warteten auf das Näherkommen der sicheren Beute.

„Du hast Glück, Klaus Störtebeker!“ schrie Gödeke, der auf der Brücke stand und die Augen auf das aufkommende Schiff gerichtet hielt. „Scheint ein großer Bergenfahrer zu sein. Geh vorsichtig mit ihm um. Heute geht's ums Schiff und um den neuen Kapitän.“

„Und die Mannschaft, Gödeke?“

„Wer bleiben will und uns sicher scheint, der bleibt. Die andern –“

Er vollendete den Satz nicht, sondern wies schweigend mit der Hand ins Meer.

„Ruhe!“ rief er dann ins Schiff hinunter, als die aufgeregten Matrosen laut wurden, „Ruhe, ihr Höllengesindel, dass ihr uns die Beute nicht verjagt.“

Nach einer Weile, während er scharf nach vorn ausgespäht hatte, schnallte er sich sein Schwert, das am Brückengeländer lehnte, um, wandte sich lachend an Klaus und sagte: „Nun hab' ich's. Ein Stralsunder ist's, ich kenn's am Bau. Scheint ein tüchtiger Renner zu sein.“

Er winkte den andern Schiffen zu, auszuscheren und den Kurs etwas nach Norden zu verlegen, um den Stralsunder nicht zu scheuen. Es sollte nicht erst zu einer Jagd kommen. Gleich wollte er ihn packen, er mit seinem „Seeschäumer“ allein, ohne die Hilfe der andern. Keiner sollte von ihm sagen, er habe mit drei Schiffen einen allein fahrenden Segler überfallen.

„Geh ans Ruder und drück uns längsseits Klaus, und halt uns dort, bis die Enterbrücken geschlagen sind.“

Klaus eilte ans Ruder, wo ihn Anker mit lachenden Augen begrüßte:

„In einer Stunde ist's getan, Klaus, und dann –“

„Dann halten wir Schiffstaufe. Gib mir das Ruder.“

Der „Seeschäumer“ legte sich noch strammer in den Wind und stürmte vorwärts, während Wigbold und Wichmann nach Norden abschwenkten, als gehörten sie nicht dazu, sondern seien Christianafahrer, die nach Norwegens Küste strebten.

Hochauf spritzte das Wasser am Bug und sprühte dann und wann in blitzenden Perlen bis auf die Brücke des „Seeschäumers“. Nur hier und da war ein Mann sichtbar, ging hin und her über Deck und tat, als ordne er Wanten und Trossen und verrichte die Arbeit, die die Matrosen auf allen Kauffahrten zu tun hatten. Und so hatte die aufkommende Kogge keine Ahnung, wer ihr entgegenkam, sondern musste glauben, einen von der Nordsee kommenden Sundfahrer vor sich zu haben. Erst als es zu spät war, erkannte der Kapitän Gödeke Micheels Flagge an der Mastspitze, drehte hastig bei und wollte, auf andern Kurs gehend, das Weite suchen. Da pfiff Gödekes Pfeife abermals gellend durch das Schiff. Alle Gesellen sprangen hoch, und ein brüllendes Hohngelächter scholl übers Meer. Sie schwenkten drohend ihre Waffen und schrien den erschreckten Kauffahrern ihr wildes Seeräuberlied nach:

„Des lieben Gottes Freund

und aller Welt Feind“

Dann jagten sie hinterdrein. Wer hatte bislang das schnellste Schiff geführt, soweit die Wellen der Nord- und Ostsee wandern?

Gödeke Micheel!

Und wie hieß der Steuermann, der Gödeke Micheels „Seeschäumer“ führte?

Klaus Störtebeker!

Aber wehe, wenn er nicht am Ruder gestanden hätte! Denn ebenso schnell segelte der fliehende Stralsunder, und nur Klaus Störtebekers Kunst machte die Entfernung zwischen den beiden Schiffen kleiner und kleiner.

Zwei Stunden wohl jagte der „Seeschäumer“ hintendrein. Da erst hatte er ihn, wie der Hund den gehetzten Hasen.

Krachend schlugen die beiden hochbordigen Schiffsleiber zusammen. Ein Schüttern lief durch sie hin, dass die Masten wie Gerten im Sturme schwankten. Dann lagen sie fest, als hätten sie sich gegenseitig ineinander verbissen. Die Seeschäumer, wie sich Gödekes Gesellen gern nannten, warteten die Zeit nicht ab, bis die Enterbrücken von Bord zu Bord geworfen waren, sondern sprangen, die blanken Beile hoch in nackten Armen schwingend, hinüber, krochen von Rahe zu Rahe, glitten wantenauf und wantenab, und dann hub ein ungeheurer Lärm an.

Hieb und Stich und Stich und Hieb, Krachen und Bersten, Stampfen, Rufen und Schreiben, als sollte die Welt untergehen. Hier zwei, die sich in verbissener Wut ineinander verkrampft hatten und den Augenblick ersahen, wo sie dem Gegner das Messer in die Brust stoßen konnten. Da andere, die sich offen mit dem Beil gegenüberstanden. Wildes Rennen hin und her. Wehvoller Aufschrei, Blutbäche auf Brücke und Treppen. Ab und an ein Aufklatschen, wenn sich zwei klammernde Arme lösten und einen Körper in die schäumende Tiefe niederstürzen ließen,

Und über allem immer wieder laut und gellend aufsteigend der Schrei:

„Des lieben Gottes Freund

und aller Welt Feind“

In all dem wilden Menschengewühl, fast alle andern überragend, bald hier, bald da auftauchend: Klaus Störtebekers wildschönes Haupt. Ein trunkener Rausch war über ihn gekommen, als er sein blitzendes Schwert aus der Scheide riss. Nicht einzelne ringende, stoßende, schlagende, beißende Matrosen sah er vor sich, sondern eine einzige Masse, Teil einer Machtgruppe, die fest und sicher auf dem festen Lande in Burgen und hinter festen Mauern wohnte, die Gerechtigkeit für sich gepachtet zu haben schien und doch das Recht nach eigenem Gutdünken zu eigenem Vorteil bog und brach oder jede Freveltat schweigend duldete. Und so raste er in wütendem Hasse vom Heck zum Stern, von Luv zu Lee und schwang sein blutiges Schwert wie der Tod seine Hippe.

Vergessen hatte er, dass es in diesem Augenblick um mehr als die bloße Beute ging, dass er um ein Schiff kämpfte, das ihm zu eigen werden sollte, auf dem er Herr werden durfte wie vor fahren auf seiner Burg.

Erst als vom „Seeschäumer" die ersten Brandpfeile in die Segel geschossen wurden, kam es ihm wieder zum Bewusstsein, und mit Aufbietung aller Kraft schrie er durch Lärm und Toben:

„Keine Brander! Schlagt die Mannschaft, schont das Schiff!"

Und der Ruf hallte wider von allen Kämpfern:

„Schlagt die Mannschaft! Schont das Schiff!"

Aber schon leckten die Flammen empor und fraßen sich weiter und wälzten ihren Qualm himmelan.

„Anker! Anker!"

Klaus Störtebeker brauchte seinen treuen Rudersmann nicht zu rufen: der hing schon an den Wanten, schwang sich empor und kletterte in fliegender Eile hinauf. Was kümmerte es ihn, ob ihm die Flammen ins Gesicht sprangen und die glühende Lohe ihm die Hände verbrannte! Er riss und zerrte, schnitt und löste, bis er die brennenden Fetzen heruntergerissen hatte. Dann stand er wieder auf Deck, immer wieder in der Nähe von Klaus Störtebeker, und focht wie ein Löwe. Jeder Hieb ein Todesstich, und ein Lachen zugleich und ein Aufleuchten der Augen, wenn sie immer wieder erneut Klaus Störtebeker im Kampfgewühl auftauchen und sich sieghaft der Feinde erwehren sahen.

Des lieben Gottes Freund

und aller Welt Feind!

War aber mancher unter den tollen Seeschäumern, der das Lied in dieser Stunde zum letzten Male sang und nun blutig und bleich, zerstampft und zertreten auf den Planken oder, von niemandem erschaut, am Grunde des schweigenden Meeres lag.

Nach kurzem Kampf waren die Seeschäumer Herr der Kogge.

Wer von den fremden Matrosen noch am Leben war, stand schwertlos und kampfmüde um den Mittelmast und wartete auf sein Schicksal. Wie zusammengepferchte Schafe standen sie da und wagten kaum, die scheuen Blicke zu heben; sie hatten zu viel von den Gräueltaten der Seeräuber gehört und wagten daher nicht auf ein gnädiges Geschick zu hoffen. Was das Schwert nicht getötet hatte, das würden wohl Haie und Rochen fressen.

Gödeke Micheel trat vor sie, beide Hände auf den Griff seines langen Schwertes gestützt. Kalt und hart glitten seine Augen über sie hin.

„Wo ist der Kapitän?“

Keiner wusste es; er lag wohl mit vielen andern in der Flut.

„Macht das Schiff klar“, befahl er. „Du, Anker, meldest mir, wenn es geschehen.“ Dann winkte er Klaus, ihm zu folgen.

In der Kajüte standen sie sich gegenüber, und da erst wich die trotzige Härte von ihm.

„Das war ein Meisterstück, Klaus Störtebeker. 's ist das erste Mal, dass die Fäuste nicht mit dreingeschlagen haben und mein Schwert kein Blut getrunken hat. Ich wollte es dir allein überlassen, es ging um dein Schiff. Mit der Mannschaft magst du tun, was du willst; du kennst unsern Brauch. Die Beute teilen wir, wie immer, doch verbleibt dir heute so viel, wie du für die Fahrt brauchst. Von nun an gehörst du dir selbst, und dein Kurs ist nur nach deinem Willen an meinen gebunden; nur die großen Unternehmungen machen wir gemeinsam." Er reichte ihm beide Hände und sah ihn lange an: „Glückliche Fahrt, Klaus Störtebeker! Denk immer daran: Keiner ist zu gut, aber mancher zu schlecht für uns, sei er Ritter oder Täter. Wir alle haben nur Namen und Gewand gewechselt; das Herz bleibt dasselbe, und das kennt nur einen Psalm:

‚Des lieben Gottes Freund

und aller Welt Feind!'

Und nun geh. Wenn die Beute verteilt und das Schiff frei ist, sage mir Bescheid, aber mach schnell." –

Als Klaus Störtebeker an Bord kam, war das Deck rein. Man sah weder etwas von den Toten noch vom Blut. Die verwundeten Gesellen Gödekes lagen verbunden im untersten Raum des „Seeschäumer" und fluchten, dass ihnen die Beute noch nicht zugeteilt sei; aber so gehe es immer: Wer seine Knochen entzweischlagen ließe, käme beim Beuteverteilen zu kurz.

Der lange Anker hatte während des Deckwaschens ein neues Segel an Stelle des verbrannten anbringen lassen und stand nun, nachdem er die Fracht untersucht hatte, vor den Gefangenen und forschte sie nach Weg und Ziel aus. Von Stralsund waren sie unterwegs, hatten leere Tonnen an Bord und wollten sie in Norwegen mit gesalzenen Heringen füllen lassen und nach Pommern bringen. Was sonst noch an Bord sei, das seien Waffen und Proviant.

Es stimmte, was die Matrosen aussagten: Anker und die anderen Seeschäumer hatten es zu ihrem Schmerz und Zorn schon erkannt und glaubten, sie müssten nun ihren Grimm an den Gefangenen auslassen.

Aber da trat Störtebeker unter sie und fuhr sie hart an, sie seien ehrbare Schiffer und keine Strauchdiebe und sollten nach dem Kampf Ruhe halten.

Er zählte die Gefangenen; es waren achtzig an der Zahl, stämmige, kräftige Burschen, die anscheinend vor Tod und Teufel nicht zurückschraken. Er hatte nicht übel Lust, sie bei sich zu behalten; aber es war nicht ratsam, sie ohne weiteres zu übernehmen. Er musste ihrer sicher sein, und so sprach er zu ihnen:

„Ihr wisst, dass ihr nach Piratenrecht in meiner Hand seid und dass ich mit euch machen kann, was ich will. Wer bei mir bleiben will, trete vor. Auch wer nicht vortritt, braucht nichts zu fürchten; ich werde ihm nicht ans Leben gehen, sondern ihn in irgendeinen Hafen, vielleicht gar in Stralsund, unbeschädigt an Land bringen. Wer aber zu mir übergeht, muss jedem meiner Befehle blindlings gehorchen; der geringste Trotz, das leiseste Zögern in der Ausführung meiner Befehle bringt ihn an die Rahe oder in die See. Und nun entscheidet euch."

Eine kurze Weile standen die achtzig Gefangenen unschlüssig da und wussten nicht, was sie tun sollten. Dann aber traten dreißig Mann vor, wilde, trotzige Gesellen, hoben die Rechte zum Schwur empor: „Führ' uns, wir folgen dir!" Mit scheuen Blicken sahen die anderen fünfzig zu ihnen hinüber und drängten sich dann noch enger zusammen, als trauten sie den Versprechungen des Siegers nicht.

Lächelnd blickte Klaus Störtebeker die verschüchterte Gruppe an.

„Stralsunder seid ihr - gut, ich bringe euch nach Stralsund."

Fünfzig Köpfe kamen erstaunt hoch, und auch die Seeschäumer, die es nicht anders gewohnt waren, als dass mit widerspenstigen

Gefangenen kurzer Prozess gemacht wurde, schauten verwundert auf.

Klaus Störtebeker weidete sich einige Minuten an dem Erstaunen und fuhr dann fort: „Aber damit ich eurer sicher bin, werde ich jedem von euch eine Kajüte geben, in der er hausen mag, bis wir unter den Mauern von Stralsund liegen."

Da duckten die fünfzig Köpfe sich wieder ängstlich nieder und ahnten nichts Gutes.

„Holt fünfzig leere Tonnen herbei und steckt in jede einen unserer Gäste! In die Deckel macht ihr ein Loch, groß genug, dass gerade der Kopf herausschauen kann."

Ein schallendes Gelächter scholl über das Verdeck, und in unglaublicher Schnelle waren die Tonnen herbeigeholt, die Stralsunder hineingepackt und die durchlöcherten Deckel draufgeschlagen, und nun füllte die seltsame Fracht das ganze Vorschiff. Lachend und spottend umstanden die Seeschäumer die ängstlich aus ihrem Kerker hervorguckenden Stralsunder, neckten sie, indem sie ihnen mit Holzsplittern und Bastfasern unter die Nase fuhren und sie kitzelten oder ihnen Wasser über den Kopf gossen und damit drohten, sie einzusalzen und als Pökelheringe zu verkaufen, bis schließlich Klaus Störtebeker dem tollen Spiel ein Ende machte und Anker zu Gödeke Micheel mit der Meldung sandte, dass alles bereit sei.

Der lachte auch nicht wenig, als er die seltsame Fracht sah und von Störtebeker vernahm, dass er sie selber in Stralsund abliefern wolle.

„Aber gib mir Gesellen dazu, Gödeke, dreißig sind zu wenig."

„Recht hast du, Klaus. So hört, Gesellen: die neue Beute fällt Klaus Störtebeker zu. Ihn hab' ich zum Kapitän bestellt. Seid ihr damit einig?"

Begeistert jubelten sie ihm zu; und „Heil Gödeke Micheel! Heil Klaus Störtebeker", scholl es über das Meer.

„Wer tritt zu ihm auf sein neues Schiff?“

„‚Seewolf‘ soll es heißen!“ rief Klaus dazwischen, und „Seewolf! Seewolf!“ schrien die Gesellen zurück und drängten sich heran, um die ersten zu sein.

„Such dir deine Leute aus, Klaus.“

Doch der weigerte sich: „Gib du, wen du entbehren willst. Ich bitte nur um Anker, der Seewolf-Steuermann sein soll. Was mir später noch fehlt, hol ich mir.“

Als die Sonne im Untergehen war, rauschte der „Seewolf“ allen andern voraus nach Südost, um die Einfahrt in den Sund zu suchen, und brauste einige Tage später über die offene Ostsee, die blau und leuchtend die schwarzen Planken umspielte, auf Stralsund zu.

In scharlachrotem Wams stand Klaus Störtebeker auf der Brücke, ließ seine Augen weit über die singende See schweifen und freute sich der neuen Freiheit, die ihm geworden. Bislang war er immer ein Werkzeug in Gödeke Micheels Hand gewesen. Nun aber war er sein eigener Herr mit dem andern gleich, der auf seinem „Seeschäumer“ den beiden Koggen von Wigbold und Wichmann voran auf Rügen zusteuerte. Nicht nur sein eigenes Geschick hatte er von nun an in Händen, nein, nun griff er nach eigenem Ermessen in das Schicksal all derer ein, die unter seinem Kommando standen, und all derer, deren Bahn seinen Weg kreuzte. Er dachte seiner zerstörten Burg, seines zerschlagenen Wappenschildes, seiner treulosen Freunde und des von ihnen zertretenen Rechts und steckte die Fäuste in grimmen Zorn gen Himmel.

Nun hatte er eine neue Burg, wenn sie auch auf den trügerischen Wellen der nordischen Meere schwamm. Ein neues Wappen nannte er sein eigen; das weißblaue Schwert, das im blutroten Wimpel von der Mastspitze leuchtete. Die sich heute seine Freunde nannten, waren zwar wilde, trotzige Gesellen aus aller Herren Länder, aber ihm in Not und Gefahr ergeben und bis zum Tode getreu. Und das Recht? Sie hatten sich ein eigenes Recht und Gesetz geschaffen, und das hieß: des lieben Gottes Freund und aller Welt Feind! Feind vor allem denen, die Besitz hatten und im satten Wohlgefühl dieses Besitzes hochmütig ihres Weges gingen. Ja, denen waren sie Feind und wollten nicht rasten, bis sie, so viel es an ihnen lag, ihnen ihr zu Unrecht erworbenes Gut, mochte es in Schlössern, Kirchen, Klöstern oder Kaufhäusern lagern, abgenommen und geteilt hatten. Nicht umsonst nannten sie sich die Likendeeler, die Gleichteiler. Und wer weiß, vielleicht kam auch einmal der Tag, an dem er mit seinem „Seewolf" die Ems hinaufbrausen und an den Uferburgen seine Rache üben konnte…

Gegen Mittag stieg die Insel Rügen an der Kimmung auf, einige Stunden später lagen sie querab Hiddensee, und der Ausguck glaubte schon in der Ferne die Türme Stralsunds erkennen zu können; von ihren drei Gefährten war schon seit langem nichts mehr zu sehen.

Da beschloss Klaus Störtebeker, bis zum Eintritt der Dunkelheit unter Hiddensee zu kreuzen und im Schutze der Nacht auf Stralsund zu steuern.

Seine Blicke fielen von der hohen Brücke auf die Gefangenen, deren bleiche Gesichter wie tot auf dem Deckelbrett der Tonnen lagen, und ein Gefühl des Mitleids stieg in ihm auf. Es waren ehrliche Schiffsmatrosen, die im Dienst ihres Herrn in See gegangen waren und brav und tapfer gekämpft hatten. Aber er unterdrückte dieses Gefühl gleich wieder. Wollte er die Herren treffen, konnte er ihre Gesellen nicht schonen; genug Milde hatte er ihnen damit erwiesen, dass er sie am Leben ließ, und überdies hatte es ihnen ja freigestanden, zwischen dem alten und einem neuen Herrn und einem Leben der Freiheit zu wählen. Er war sich dessen gewiss, dass mancher von ihnen jetzt aus der Not und Qual heraus sich für ihn entscheiden würde; aber das wäre etwas Halbes gewesen: Er konnte nur ganze Männer brauchen, die ohne Zwang zu ihm kamen und für ihn kämpfen wollten.

Als es dunkel wurde, fuhren sie näher an Stralsund heran. Hell loderte das flackernde Licht auf dem Hafenfeuerturm durch die Nacht, der Himmel war von Wolken verhangen. Ein steifer Wind wehte quer zum Schiff, so dass sie gute Ein- und Ausfahrt hatten. Sie zerrten den letzten Lappen hoch und brausten durch die aufschäumende Flut. Störtebeker, der schon oft diese Straße gefahren war, stand selbst am Ruder. Es war ein tolles Stück, und da wollte er allein die Verantwortung tragen.

In fliegender Fahrt glitten sie an der Hafenmauer entlang. Kaum ein Mann war an Deck zu sehen. Wie von Geisterhänden gezogen fielen plötzlich die Großsegel herab, ein krachendes Scheuern und Schurren am Uferrand – dann lag der „Seewolf" fest.

Katzenbehend sprangen zehn Matrosen an Land, zurrten die Trossen fest und hielten sich bereit, die vom Schiff aus gelegten Laufbretter zu fassen. Kein Laut wurde dabei gesprochen.

Bevor sie die Tonnen an Land rollten, trat Störtebeker mit Anker, der ein langes Schwert in Händen hielt, zu den Gefangenen und sagte:

„Ihr seid jetzt in Stralsund. Wir werden euch am Ufer vor den Schuppen der Kauffahrer aufstellen. Aber hütet euch, einen Schrei zu tun oder ein Wort laut werden zu lassen. Jeder Kopf, aus dem der leiseste Ton laut wird, rollt in demselben Augenblick von der Tonne in den Sand. Und nun rollt die Fässer von Bord!"

So hastig ist im Hafen von Stralsund noch nie ein Schiff gelöscht worden, wie der „Seewolf" in dieser Nacht, und kaum war eine halbe Stunde vergangen, da standen alle Fässer aufgereiht am Ufer, ein seltsames Bild, so dass die Seewölfe nur mit Mühe ein lautes Auflachen unterdrückten und gar zu gerne noch einmal ihr Mütchen an den bleichen, ängstlich aus den Tonnen hervorlugenden Köpfen gekühlt hätten.

Lust wollte Klaus Störtebeker seine Mannschaft zu eiliger Rückkehr mahnen, als in einer der Hafengassen ein gelbes, zitterndes Licht auftauchte und tappende Schritte näherkamen; es wär der Nachtwärter, der seinen Wächtergang nach den Kaufmannsschuppen lenkte, um von dort dann wieder in das Innere der Stadt zurückzukehren.

Der lange Anker bemerkte ihn rechtzeitig. Drohend reckte er sein Schwert gegen die Gefangenen, sie noch einmal zum Schweigen mahnend, und gebot dann mit leiser Stimme seinen Genossen, sich hart an die Wand zu drücken und keinen Laut von sich zu geben.

Langsam und bedächtig, den langen Spieß auf der Schulter, die Laterne in der Hand, näherte sich der Wächter dem Bollwerk. Gleichzeitig gingen seine Augen über das neu angekommene Schiff; er war ja nicht beauftragt, die ein- und auslaufenden Schiffe zu bewachen. Dann schritt der Nachtwächter weiter und musste bald im Schein seiner Laterne die Tonnenreihe zu Gesicht bekommen.

In diesem Augenblick glitt Anker leise und behänd aus seinem Versteck hervor, schlich von hinten an den Wächter heran und packte zu. Wie eiserne Klammern umspannten seine Finger den Hals des ahnungslosen Wächters und drückten den Mann zu Boden.

„Still! Kein Wort! Dir geschieht nichts, wenn du schweigst!" flüsterte Anker dem zitternden Manne zu und winkte dann einen der Gesellen herbei und gab ihm den Auftrag, eine Tonne und starke Taue von Bord zu holen. Eilig lief er aufs Schiff und brachte das Gewünschte; mit ihm kam auch Klaus Störtebeker. Als er hörte, was geschehen sei und was man mit dem gefangenen Stadtwächter vorhabe, sagte er lachend:

„Nichts da, Gesellen. Wer so getreu seines Wächteramtes waltet, soll nicht in eine Heringstonne gesteckt, sondern zum Hauptmann erhöht werden. Setzt ihn rittlings auf die Tonne; da er aber des Reitens unkundig sein wird, bindet ihn gehörig fest, dass er weder falle noch entlaufe."

Nur mit Mühe gelang es Störtebeker, seine Gesellen in Ruhe zu halten; zu schwer war es ihnen, ein lautes Gelächter zu unterdrücken, und mussten doch ganz still sein, um sich nicht der wachenden Bürgergarde zu verraten.

„Macht schnell!" befahl Störtebeker. Aber es war überflüssig, die Leute anzutreiben; sie griffen schon von selber zu, und in wenigen Minuten saß der Nachtwächter rittlings auf der Tonne, die Beine durch ein unter der Tonne hindurchgezogenes Tau zusammengebunden, die Arme fest an den Leib geschnürt, die Hellebarde aufrecht unter den einen Arm geschoben, die Laterne an einer Schnur um den Hals gehängt. „Jetzt schnell die andern Tonnen herangewälzt, dass sich alle Gefangenen um ihn scharen wie die Küken um die Henne. Aber leise und schnell!"

Bald waren die fünfzig Tonnen herbeigeschoben, und fünfzig ängstliche Augenpaare starrten auf den bleichen, vom Licht der blakenden Tranlaterne beschienenen Nachtwächter, wandten sich aber bald Klaus Störtebeker zu, der mit leisem Schmunzeln vor ihnen stand.

„Stralsunder", sagte er, „ehrlich und rechtlich habe ich mein Versprechen gehalten und euch nach Hause gebracht. Meldet es morgen dem hohen Rat der Stadt. Und du, armseliges Geschöpf, das man zum Wächter der Stadt gemacht hat, bring dem Bürgermeister einen Gruß von Klaus Störtebeker! Sag ihm Dank, ihm, dem Rat und den Kauffahrern für das gute Schiff, das mir in die Hände gelaufen ist und von heute an der ‚Seewolf' heißt. Es wird so bald nicht wieder an Stralsunds Hafenmauer anlegen."

„An Bord, Gesellen!" wandte er sich dann an seine Matrosen. „Anker, du bleibst hier, bis die Segel gehisst sind und alles zur Abfahrt fertig ist. Gibt irgendeiner auch nur einen Laut von sich, brauch dein Schwert und köpfe ihn."

Das letzte sagte er laut; aber die armen Gefangenen dachten gar nicht dar an, sich bemerkbar zu machen. Sie waren froh, wieder in Stralsund zu sein, und diese Freude machte es ihnen leicht, auch noch diese letzte Nacht als Gefangene zuzubringen. Bei Tagesanbruch, das wussten sie, würden sie erlöst werden. Wenn's auch unter Hohn und Spott sein würde, ihnen sollte es gleich sein – sie waren zu Hause…

Ein kurzer Pfiff schrillte vom Schiff her, leises Knarren der Taue, und Klatschen der Segel, Ankers hastige Schritte bis zur Ufermauer, ein Sprung über die Reling, ein kurzes Kommando – dann sauste und brauste der „Seewolf“ in die Nacht hinaus. Bald war das letzte Hafenfeuer erreicht, und hinaus ging's in die See, auf Rügen zu:

Des lieben Gottes Freund

und aller Welt Feind!

Die Vitalienbrüder

In der Frühe des andern Tages steuerte der „Seewolf“ die versteckte Bucht an Rügens Küste an, die von jeher Gödeke Micheel und seine Gesellen als Schlupfwinkel gedient hatte.

Klaus Störtebeker stand selber am Ruder, die Matrosen hatten Waffen zur Hand, und scharf lugte von hoher Mastspitze der Ausguckmann in den leichten Morgennebel hinaus, der auf den leise sich kräuselnden Wellen lag; man konnte nicht wissen, ob Freund oder Feind in der Nähe sei, und darum galt es, scharf aufzupassen.

Als sie um den letzten Ufervorsprung herumsteuerten, sahen sie plötzlich die schlanken Masten von Gödeke Micheels „Seeschäumer“ vor sich, der schon am Abend vorher eingelaufen war. Hart daneben schaukelte Wigbolds „Wal“, der in sinkender Nacht den Weg hierher gefunden hatte. Nur Wichmanns „Haifisch“ war noch nicht zu ihnen gestoßen; aber man machte sich deswegen keine Sorge.

Der „Seewolf“ ließ seinen Anker zu Grund gehen, und bald huschten seine Gesellen wie Mäuse auf die andern Schiffe hinüber, um die Erlebnisse der Nacht zu erzählen. Obwohl allen Matrosen in den Schlupfwinkeln Ruhe und Stille streng befohlen war und eine Übertretung dieses Gebots hart geahndet wurde, brach ein laut von den Ufern widerhallendes Lachen und Jubeln los, und auch Gödeke selbst, dem Störtebeker Bericht erstattet hatte, konnte sich nicht halten, sondern stimmte in das schallende Gelächter ein. Solch tollen Streich hatten sie auf all ihren wilden Piratenfahrten noch nicht erlebt, und einer überbot den andern in der Ausmalung der Stunde, in der ein hoher Rat und die ehrsame Kaufmannschaft von Stralsund die Tonnengesellschaft im

Kreise des Nachtwächters entdeckte. In ihr weit durch die Stille des Morgens schallendes Gelächter brach plötzlich von See her ihr alter Kampfruf:

„Des lieben Gottes Freund

und aller Welt Feind!“

Noch nie hatte das Lied so trotzig über den Wellen der Ostsee geklungen wie heute in der frühen Morgenstunde. Es war, als wollten Wichmanns Gesellen den Kampfruf bis zu allen Küsten des baltischen Meeres tragen und der ganzen Welt ihren Hass in die Ohren schreien.

Zornig sprang Gödeke Micheel auf die Kommandobrücke hinauf; Wichmann schien wieder einmal gute Beute gemacht und in seiner Freude darüber zu viel getrunken zu haben. Wie konnte er sonst diesen Höllenlärm dulden, der ihren Schlupfwinkel, der ihnen in den letzten Jahren stets sichere Zuflucht geboten hatte und den Feinden trotz ihres Suchens verborgen geblieben war, vorüberfahrenden Schiffen verraten konnte.

Noch größer wurde sein Erstaunen, als der „Haifisch“ aus dem Nebel auftauchte und in die Bucht hineinrauschte. Von der höchsten Mastspitze wehte der Piratenwimpel, und von allen Stangen und Wanten flatterten die im Laufe der Jahre in Nord- und Ostsee eroberten Kauffahrerflaggen, doch also, dass die stolzen Städtewappen mit ihren Türmen, Adlern, Löwen und anderen Zeichen auf dem Kopf standen.

„Ist Wichmann denn des Teufels, dass er offen solchen Mummenschanz und Fastnachtsscherz aufführt?“ fluchte Gödeke. „Er wird uns noch die ganze Meute auf den Hals jagen, und dann sitzen wir hier in unserer Bucht wie die Maus im Loch.“

„Ein Weinschiff von Hispanien wird er aufgebracht haben, das süßen Trunk zu den Ordensrittern hat bringen wollen; das nenne ich bessere Beute als Heringe und Braunbier!“ krähte Magister Wigbold, und ein sonniges Schmunzeln breitete sich über sein rotes, feistes Gesicht. „Hei Gödeke, nun wollen wir ein Fest feiern, wie es noch nicht dagewesen ist.“

Gödeke unterbrach ihn rau, stampfte hart auf und grollte: „Seht ihr die Banner von Wismar und Rostock? Groß und frech schmücken sie zu beiden Seiten die Brücke, als hätte Wichmann diese Pfeffersäcke zu Genossen gemacht.“

Nur Klaus Störtebeker sagte nichts, sondern lächelte leise vor sich hin. Er kannte Wichmann und wusste, wie sehr der geneigt war, immer irgendetwas zu tun, das andere in Erstaunen versetzte. So würde es auch heute sein. Und sollte er wirklich die Feinde, die ihnen überall auf See auflauerten, durch sein seltsam wildes Treiben heranlocken, so mochten sie kommen, er freute sich auf den Tag, an dem er mit seinem „Seewolf“ in die Schlacht ziehen konnte.

Näher und näher kam der „Haifisch“. Auf allen Schiffen standen die Gesellen auf Deck und in den Wanten, waren aber so sehr in der Gewalt von Gödeke, dass sie keinen Laut gaben, sondern nur staunend und schweigend hinüberschauten.

Schon fielen auf dem „Haifisch“ die Segel. Der Anker klirrte zu Grund, und dann lag die stattliche Kogge neben dem „Seeschäumer“.

Wie ein wütender Hund sprang Gödeke mit einem Satz von der Brücker hinüber, daß die Matrosen vom „Haifisch“ ängstlich zur Seite wichen.

„Wichmann! Wichmann!“ brüllte er, und seine Zornstimme klang wie im Toben der Schlacht. Alle wussten, dass in solcher Stimmung nicht mit ihm zu spaßen sei, weil seine Hand im Zorn schnell den Weg zum Schwert fand. Aber mit einem Gesicht, aus dem die hellste Freude strahlte, trat ihm Wichmann entgegen, beide Hände zum Gruß vorgestreckt.

„Bist du des Teufels, Wichmann? Willst du gewaltsam uns alle Feinde auf den Hals schicken? Ihr brüllt uns sämtliche Koggen von Wismar, Rostock und Stralsund an unsern Schlupfwinkel heran."

Gemächlich schob Wichmann beide Hände unter seinen Leibriemen, stand mit gespreizten Beinen vor Gödeke und sah ihn mit listigen, lachenden Augen an. „Stralsund?" sagte er, „nein, das glaub ich nicht. Aber die von Rostock und Wismar werden wohl kommen."

„Und dann? Sollen wir uns wie Mäuse in der Falle fangen lassen?"

„Nein, Gödeke", antwortete Wichmann, und sein Lachen wurde noch lauter. „Aber zu einem guten Trunk wollen wir sie einladen oder sie uns, wie es sich unter guten Freunden gehört."

„Du scheinst den guten Trunk schon vorweggenommen zu haben. Auf jeden Fall wollen wir wieder auf die offene See hinaus."

„Oder einen anderen Schlupfwinkel suchen, vielleicht im Hafen von Rostock oder Wismar, wo sie uns herzlich willkommen heißen werden. Da lies, was mir ein ausfahrender Rostocker, den ich just kapern wollte, zugesteckt hat."

Umständlich und mit großer Wichtigkeit zog er eine Pergamentrolle, daran ein großes, rotes Siegel hing, aus seinem Wams und reichte sie Gödeke mit den Worten: „Da hast du die Einladung!"

Staunend las Gödeke den Erlass der Städte Wismar und Rostock, die sich mit der Ritterschaft verbündet hatten, um den gefangenen Albrecht von Schweden zu befreien, und die nun Kaperbriefe austeilten und ihre Häfen allen Piraten öffneten, „dy uff ir eygen ebentur wellen keren und varen, das rike zu dennemarken zu beschedigen". Vor allen Dingen gelte es, Stockholm, das noch zum König halte und in den Händen seiner Landsknechte sei, mit Viktualien oder Lebensmitteln zu versorgen und alle die zu bekämpfen, die den Feinden Zufuhren zukommen ließen, weshalb sie auch die Hanse aufforderten, die Schifffahrt nach dem Norden einzustellen.

Gödeke Micheel las, prüfte das Siegel, las noch einmal, blickte halb verwirrt, halb erstaunt um sich, als fasse er das alles nicht, las zum dritten Mal, und diesmal so laut, dass es über alle Schiffe scholl. Ein Jubel ohnegleichen fasste die wilden Gesellen, sie schwenkten die Kappen, rannten die Wanten hinauf und schrien ihre Freude in gellenden Rufen über die stille Bucht, wenngleich sie die tiefe Bedeutung dessen, was Gödeke vorgelesen hatte, nicht verstanden. Sie hörten nur aus der hellen Stimme ihres Führers, dass Großes bevorstehe, Kampf, Sieg und Beute, und das war ihnen genug.

Mit klopfendem Herzen hatte Klaus Störtebeker die Mär vernommen. Wie ein Blitz durchzuckte ihn der Gedanke, dass jetzt etwas Neues in sein Leben treten würde. Von heute an diente er mit seinem Schiff einem andern Zweck als nur der Seeräuberei, von heute an hatte er ein Stück der großen Welt in seiner Hand, und von dieser Stunde an griff er hinein in das Räderwerk, das sonst nur von den Großen dieser Erde gelenkt wurde. Frei lag die See vor ihm, frei war er selbst, wenn er sich auch in den Dienst der mecklenburgischen Städte und Ritter stellte. Ja, frei war er, und frei lag vor ihm der Weg, der ihn zu Ruhm und Rache führen sollte.

Sein Blick glitt über sein Schiff, seinen schnellen, starken „Seewolf“, und ein Lachen stieg in ihm auf, als er seine wilden Gesellen in den Wanten hängen sah. Mit denen wollte er den Teufel aus der Hölle herausholen, und sollte den gefangenen schwedischen König nicht befreien können?

Hell brach in diesem Augenblick die Sonne durch die Wolken und vertrieb den Nebel, dass die weite, rollende See in wunderbarem Glanz vor ihm lag. Heiho! Die wilde, schäumende See! Bald würde er sie wieder durchbrausen…

Die schrille Pfeife, die vom „Seeschäumer“ herübergellte, riss ihn aus seinen Gedanken und rief ihn in die Kajüte zu Gödeke Micheel, bei dem Wigbold und Wichmann schon versammelt waren. In aller Hast hatte Gödeke sich einen Plan zurechtgemacht. Natürlich wollten sie sich auf die Seite der Mecklenburger stellen, aber im Übrigen frei schalten und walten und ihre eigenen Herren bleiben.

„Jeder mag fahren und fechten, wo es ihm beliebt; denn die See gehört uns. Wo und wann wir uns begegnen, ist gleichgültig. Die See ist groß genug und hat Beute für alle. Ihr seid von heute an freie Männer. Jeder ist sein eigener Herr, nicht ich der eure. Wollt ihr euch vermehren, tut es, und wollt ihr unter mir bleiben, so ist es mir auch recht."

Gödeke hielt inne und sah die Männer der Reihe nach lächelnd an.

„Ich wusste es", fuhr er fort, „ihr, Wigbold und Wichmann, bleibt bei mir. Aber du, Klaus, gehst deinen eigenen Weg. Du bist einer von denen, die selber führen wollen. Du würdest nur unfreiwillig unter mir stehn, und darum stelle ich es euch dreien frei, zu bleiben oder zu gehen. So geh, Klaus, und wenn wir uns irgendwo begegnen, soll es ein Freudenfest werden. Brauchst du uns aber, so wirst du uns zu finden wissen; denn unsere Namen werden noch mehr als bisher ein Schrecken der Ostsee werden."

Eine Weile stand Störtebeker in tiefem Sinnen. Er fühlte, wie innig er mit dem Mann verbunden war, der wie ein Freund vor ihm stand und ihm die Hand entgegenstreckte. Viel hatte er ihm zu verdanken. Aber er durfte sich nicht für immer an ihn ketten, sondern musste seinen eigenen Weg gehen, seinen eigenen Zielen entgegen. Und so griff er mit festem Druck die dargebotene Hand: „Nenn's nicht Untreue, Gödeke, wenn ich von dir gehe und mein Glück allein suche. Mein ‚Seewolf' muss allein übers Meer rennen."

„Und sein Kapitän erst recht. Ich denke, wir hören bald von dir."

Damit schieden sie, und eine halbe Stunde später brauste Störtebeker mit seinem „Seewolf" unter vollen Segeln ins weite, offene Meer hinaus, aber erst, als er nichts mehr hörte von den Tönen des wilden Piratenliedes, das die Zurückbleibenden ihm zum Abschied sangen, fühlte er sich ganz frei und ganz als sein eigener Herr.

Klaus Störtebeker stand auf der Kommandobrücke seines „Seewolf", stützte beide Hände auf das Geländer und blickte über die See. Ein helles Leuchten lag auf seinem Gesicht, und aus seinen dunklen Augen blitzte ein Glanz stärkster Lebensfreude. Lichtübersprüht rauschten die blauen Ostseewogen an den schwarzen Planken seines Schiffes vorüber, und hoch durch die klare Luft schossen die silberweißen Schwingen von Hunderten von Möwen, die kreischend das tanzende Fahrzeug begleiteten. Kein Segel war weit und breit zu sehn, die weite See lag wie ausgestorben da. Dem jungen Kapitän war es recht; er wollte, bevor er in Kampf und Streit zog, einen Tag lang das beseligende Gefühl durchkosten, einmal ganz allein Herr des weiten Meeres zu sein. Einen Tag nur! Dann sollte wieder das wilde Piratenleben beginnen.

Gegen Mittag gesellte sich der lange Anker zu ihm und fragte: „Wohin geht die Fahrt? Wir lassen uns vom Winde treiben, als wüssten wir kein Ziel, und der Mann am Ruder ist nahe vor dem Einschlafen."

„Aber wir fahren doch, Anker, fahren ganz allein über das Meer. Fühlst du nicht, was das bedeutet?"

Verständnislos blickte Anker ihn an; ihm machte nur die Jagd auf Beute Freude. Und so fuhr Klaus Störtebeker lachend fort:

„Du hast Recht, Anker, ein Ziel müssen wir haben. So wirf das Schiff herum und steuere auf Rostock zu. Wir wollen unsern Kaperbrief holen. Was wir sonst noch für unsere Fahrt brauchen, finden wir unterwegs. Du schaust so wunderlich drein, Anker; ist dir's nicht recht?"

„Wir können auch ohne Kaperbrief Beute machen", knurrte Anker, „oder sollen wir gar Rostocker Matrosen werden? Da täten wir besser, das Bischofsboot von Bergen zu führen."

„Du magst so denken. Ich denke anders und will es so!"

Dann blieb er wieder allein auf seiner Brücke, bis sie in den Hafen von Rostock einliefen. Mit Staunen sahen die Rostocker Bürger das stattliche Schiff mit dem mächtigen Piratenwimpel an der höchsten Mastspitze, und neugierig liefen sie hinter dem großen, prächtig gekleideten Klaus Störtebeker her, der stolz und herrisch durch die Gassen zum Rat schritt.

Sein „Seewolf" war nicht das einzige Piratenschiff im Hafen. Die Kunde von den Kaperbriefen hatte sich mit Windeseile verbreitet, und nun kamen aus allen Buchten und versteckten Schlupfwinkeln die Seeräuber herbeigeeilt, um unter Schutz und Segen der mecklenburgischen Städte und Ritterschaft ihr wildes Gewerbe auszuüben. Zumeist waren es kleine Schiffe mit einer kleinen Mannschaft, die nun mit Staunen und Neid den stattlichen „Seewolf" betrachteten.

„Seid ihr auch Vitalienbrüder?" riefen sie hinüber.

„Was sollen wir sein?" scholl es zurück.

„Wisst ihr denn noch nicht, dass sie uns Vitalienbrüder nennen, weil wir Lebensmittel für König Albrechts Herr nach Stockholm verfrachten? Wo hinaus geht eure Fahrt?"

„Was geht's euch an? Fragt unsern Käpt'n, Klaus Störtebeker, wenn er vom Rat zurückkommt. Aber seht euch vor, dass er euch nicht sein Schwert in euer neugieriges Maul stößt."

„Oder in Heringstonnen steckt", schrie einer ganz laut, und ein frohes Gelächter scholl von Schiff zu Schiff, das die Seewölfe ganz stolz machte, weil sie nun wussten, dass ihr toller Streich von Stralsund schon überall bekannt war.

„Jawohl, so ist es. Aber besser ist's schon, ihr macht mit uns gemeinsame Sache, ihr armseligen Backtröge."

Da hub von allen Seiten ein gewaltiges Schimpfen und Fluchen an, das erst still wurde, als Klaus Störtebeker zurückkehrte und an Bord ging.

Das Wort von der gemeinsamen Sache blieb aber bei vielen von ihnen lebendig, und es dauerte nicht lange, da kam erst der eine, dann der andere Kapitän der Vitalienbrüder, um sich von Klaus Störtebeker die Erlaubnis zu erbitten, sich ihm auf der Kaperfahrt anzuschließen. Obwohl ihm dieses Angebot sehr zustatten kam, tat Klaus doch so, als sei ihm an ihrer Hilfe wenig gelegen, und erst nach längerer Verhandlung erklärte er sich bereit, die größten und schnellsten Vitalienkoggen unter sein Kommando zu nehmen. Er verlangte vollständige Unterwerfung unter seinen Befehl und bewilligte jeder Kogge das Recht, an der Aufteilung der Beute, natürlich nach Abzug des Teils, der ihm als dem Admiral zufiele, teilzunehmen.

So kam es, dass Klaus Störtebeker, kurze Zeit nachdem er sich von Gödeke Micheel getrennt hatte, zum Admiral einer Flotte von Vitalienbrüdern wurde und auf Kaperfahrt in die Ostsee hinausfuhr.

Sein „Seewolf" segelte voran, die großen Segel machtvoll gebauscht; ihm folgten die andern.

Klaus stand auf der Brücke und blickte zurück. Es waren flinke, starke Koggen, die ihm folgten, und ein frohes Gefühl überkam ihn, als er sah, wie sie jedem Seemanöver des langen Anker folgten, der am Ruder stand und das Führerschiff bald nach links, bald nach rechts herumwarf. Tüchtige Gesellen waren da zu ihm gestoßen, wilde Kerle, mit denen sich jedes Unternehmen beginnen ließ, und die vor keiner Gefahr zurückschreckten. Das machte ihn froh; denn er wusste, dass von heute an, wo sie Vitalienbrüder geworden waren, das Piratenleben ganz anders werden würde. Es ging nicht mehr nur allein um die Beute irgendeines Bergen- oder Nowgorodfahrers, sondern um viel größere Dinge, um Könige und Fürsten, um Kronen und Länder, und er, Klaus Störtebeker, hatte es in der Hand, zu helfen oder zu stürzen, Könige zu Bettlern und Bettler zu Königen zu machen. Eine Macht stand hinter ihm, nicht von feigen, gedungenen Knechten, sondern von freien, trotzigen Gesellen, die im Leben irgendwo Schiffbruch gelitten hatten, von Haus und Heim verstoßen, verjagt, vertrieben waren, und nach vielen Irrfahrten ihren Weg zu den Likendeelern, den Gleichteilern gefunden und nichts zu verlieren, sondern nur zu gewinnen hatten. Das waren Burschen, die nur eins kannten, Beute und immer wieder Beute zu machen, um sich in der nächsten Hafenstadt, die ihr Schiff anlief, einen frohen Tag zu machen, Gesellen, deren Leben immer zwischen Galgen und Flut hing und die den härtesten Tod der Gefangenschaft vorzogen. Ja, das waren Gesellen, mit denen er getrost den Kampf mit den Schiffen der Königin Margarete und den hochbordigen Koggen der Hanse aufnehmen konnte; denn dass diese sich dem Ansinnen der Städte Rostock und Wismar widersetzen würden und dass Hamburg und Lübeck Friedeschiffe aussenden würden, die die Ostsee und ihre Zufahrtstraßen von den Vitalienbrüdern befreien sollten, war ihm klar.

Ebenso klar war ihm daher auch, dass er sich selber einen sicheren Schlupfwinkel suchen musste, von wo aus er, einzeln oder geschlossen, seine Vorstöße machen konnte, und so beschloss er, seine Koggen nach Wisby zu lenken. Warum sein Sinn sich gerade auf Gotlands Hauptstadt richtete, wusste er selbst nicht; aber immer, seitdem Anker ihm von König Waldemars Eroberung Wisbys erzählt hatte, kreisten seine Gedanken um diese wiedererbaute und mit starken Mauern sich trotzig gegen die See stemmende Kaufmannsstadt auf der einsamen, nackten Insel Gotland, deren stille, versteckte Buchten Schutz und Sicherheit boten.

War's ein Wagnis, die feste Stadt anzugreifen?

Wieder gingen seine Augen über die dem „Seewolf" folgenden Koggen. Stetig und gleichmäßig glitten sie über die See. Die Matrosen standen auf Planken und Brücken und sangen ihre wilden Lieder. Wenn ein Windstoß die Schiffe auf die Seite legte, sahen Störtebekers Augen die blanken Waffen und Schilde, die rund um die Masten hingen, gute kampferprobte Waffen und Männer. Nein, es war kein großes Wagnis, selbst eine stärkere Stadt als Wisby zu berennen. Gewiss, es würde Verluste geben, mancher seiner Matrosen würde nicht mehr zurückkommen; aber was schadete es? Es gab Beute, und Menschen konnte er sich in jeder Zahl aus jeder Hafenstadt und von jeder Ostseekogge holen. Was waren in diesen Zeiten Menschen? Eine Tonne Bier war wertvoller, weil sie mit Gold und Silber bezahlt werden musste, wenn sie nicht als Beute an Bord kam…

Ein stiller Abend dämmerte über den blauen Fluten der Ostsee. Der Wind war leise geworden und fast eingeschlafen. Langsam und schwer drängten sich die dunklen Leiber der Schiffe durch die See, kaum eine Mütze voll Wind in den Segeln. Der abergläubische Anker kratzte mit den Fingern den Mast; aber es half ihm nichts, es kam kein Wind, und die Schiffe lagen nahezu still.

Die Kapitäne kommandierten die Matrosen an die Riemen. Unwillig tauchten sie die langen, schweren Geräte ins Wasser und versuchten, die Schiffe vorwärts zu schieben. Eine Weile sah Klaus Störtebeker ihrer mühevollen Arbeit zu. Dann sah er das Nutzlose ihres Beginnens ein und befahl, die Anker auszuwerfen; Wachen sollten ausgestellt werden und die Kapitäne an Bord des „Seewolfs" kommen.

„Wer von euch kennt Wisby?"

Sie waren alle schon einmal dagewesen und priesen die reichen Klöster, Kaufhäuser und Schenken.

„Wir werden sie nehmen!"

Da begannen sie wild durcheinanderzureden. Nur einer von ihnen hub an, von dicken Mauern, hohen Türmen und festen Toren, die mit gepanzerten Leuten besetzt seien, zu sprechen und dass es ein gefährliches Unterfangen sei, die Stadt zu berennen.

„Fürchtest du dich?" fuhr Klaus ihn kalt und hart an.

„Fürchten? Ich bin ein Seepirat und kein Festungsstürmer."

„Du willst meinem Befehl trotzen?"

„Ich bin ein Vitalienbruder, aber –"

Bevor er seinen Satz vollenden konnte, sprang Klaus Störtebeker auf ihn zu, packte ihn mit beiden Fäusten, hob ihn mit seinen mächtigen Armen hoch und stieß ihn durch die Tür hinaus in den Raum hinunter.

„Bindet ihn und werft ihn in das unterste Luk!“ schrie er den Matrosen zu und kehrte dann so ruhig, als wäre nichts geschehen, in die Kajüte zurück.

„Ist noch einer unter euch, der andere Wege gehen will als ich?“

Seine dunklen Augen gingen von einem zum andern, als wollte er ihnen allen bis auf den Grund des Herzens sehn.

Mit zusammengekniffenen Lippen standen sie vor ihm, als kämpften sie mit sich. Dann streckten sie ihm jählings die Hände entgegen:

„Wir folgen dir, Klaus Störtebeker. Führ’ uns, wohin du willst!“

„So setzt euch und lasst uns beraten.“

Auf Gotland

Die weiche, durchsichtige Sommernacht lag groß und sternklar über dem stillen Meer, als die Kapitäne zu ihren Koggen zurückkehrten. Waren es noch ihre Koggen? Vorgestern waren sie es noch gewesen. Aber von dieser Stunde an wussten sie, dass sie selbst und ihre Schiffe einem andern gehörten, einem, der größer und stärker war als sie alle zusammen. Sie waren es von ihren Seeräuberfahrten her gewohnt, Kraft und wilde Entschlossenheit zu bewundern und anzuerkennen, und so beugten sie sich.

Als am andern Morgen die Sonne aufging, weckten sie den schlafenden Wind, dass er aufsprang, sich in die Segel warf und die Schiffe in ruhiger, stetiger Fahrt nach Norden drängte.

Klaus hatte dem führerlosen Schiff befohlen, sich selbst einen neuen Kapitän zu wählen. Er hatte zuerst geplant, Anker zum Kapitän zu machen. Der aber wünschte als Steuermann auf dem „Seewolf“ zu bleiben, um stets in der Nähe seines Herrn zu sein, und kam damit einem heimlichen Wunsche Störtebekers entgegen, den er nur unterdrückt hatte, um Ankers treue Dienste und Anhänglichkeit zu belohnen.

Breit ausgestaffelt brausten die Koggen durch die schäumende See, in jedem Mastkorb einen Ausguck, dessen spähende Augen die weite Meereinsamkeit durchforschten.

Klaus Störtebekers „Seewolf“ war weit voraus, doch nicht weiter, als dass er jederzeit die andern herbeirufen konnte.

Stundenlang waren sie schon gefahren, ohne etwas anderes zu sehen als Himmel und Wasser. Da meldete plötzlich mit lautem Ruf der Ausguck: „Schiff steuerbords voraus.“ Auf ein kurzes Kommando Klaus Störtebekers wurde das Ruder herumgerissen und auf die fremde Kogge zugehalten. Weder Wappen noch Wimpel waren auszumachen, und da es also nicht feststand, ob es gegen einen Freund oder Feind ging, ergriffen die Matrosen ihre Waffen und machten sich zum Kampf bereit.

Nicht lange dauerte es, da wussten sie alle, dass es eine große Danziger Kogge war, die schwer beladen nach Bergen oder Stockholm steuerte, und ein wilder Jubel brach unter den Gesellen aus; es gab wieder einmal Kampf und Beute.

Kaum hatte die fremde Kogge das Piratenwappen im großen Wimpel des „Seewolf" entdeckt, als sie auch schon alle Segel, die sie noch zur Verfügung hatte, an den Masten hochgehen ließ und zu entkommen versuchte. Aber der „Seewolf" war schneller, raste hinter ihr drein, bis er nach kurzer Zeit neben ihr lag, die Enterhaken einhieb und die Enterbrücken hinüberwarf.

Im Nu waren die Seewölfe drüben, Klaus Störtebeker allen voran, und ein wilder Kampf, Mann gegen Mann, begann. Beile, Messer, Schwerter blitzten in der Luft, Fluchten und Wehschreien scholl vom Bug zum Heck, und das Blut floss in Strömen. In allen Teilen des Schiffes tobte der Kampf, bald zwischen zweien, bald zwischen dicht zusammengescharten Haufen. Die Seewölfe hatten schwere Arbeit, denn tapfere, verwegene Gegner standen ihnen gegenüber; aber immer wieder gingen sie in verbissener Wut auf sie los, und immer wieder gellte ihr Siegesgeschrei, wenn ihre Waffen einen Feind fällten.

Auf der Brücke kämpfte Klaus Störtebeker mit dem fremden Kapitän. Sie waren sich beide an Kraft und Geschicklichkeit gleich, und mehr als einmal schien es, als bekäme der Fremde die Überhand. Der lange Anker sah es und wollte seinem Herrn zu Hilfe eilen und dem Gegner das Schwert in den Rücken stoßen; aber Klaus schrie ihm mit heiserer Stimme zu, ihn im Kampf allein zu lassen. Dann stürmte er von neuem auf den Gegner ein.

Krachend schlugen die sausenden Klingen gegeneinander, zischten zurück, sprangen wieder vor und wurden wieder abgewehrt. Endlich schien der Gegner zu ermatten, seine Schwertschläge wurden langsamer und müder. Da holte Klaus Störtebeker noch einmal zu einem mächtigen Hieb aus und schlug dem andern die Klinge aus der Hand, so dass er waffenlos vor ihm stand und mit wutverzerrtem Gesicht sein Schicksal erwartete. Schon wollte Klaus ihn niederstrecken. Da besann er sich plötzlich und sagte mit einer Stimme, in der noch die Erregung des harten Kampfes klang: „Tapferer hat noch keiner mit mir gefochten. Aber mit waffenlosen Männern kämpfe ich nicht."

Er lehnte sein Schwert gegen das Brückengeländer.

„Da! Und nun komm an!"

Wie zwei bissige Hunde sprangen sie aufeinander los, verkrampften sich ineinander mit klammernden Armen und schoben sich im Ringen hin und her. Kein Wort kam über ihre Lippen, nur ein schweres Stöhnen sprach von der wütenden Kraft, mit der sie sich gegenseitig in die Knie zu zwingen suchten.

Im Schiff wurde es stiller und stiller. Nur von unten herauf klang noch der Lärm des schwächer werdenden Kampfes. Die oben standen, ließen allmählich, einerlei ob Feind oder Freund, die Waffen sinken und sahen wortlos dem seltsamen Kampf der beiden Kapitäne zu. Hin und her, her und hin schoben sich die Gegner; bald war der eine, bald der andere im Vorteil und schien Sieger werden zu sollen.

Anker bangte um Klaus und wollte ihm erneut zu Hilfe kommen. Aber es war nicht nötig; denn bevor er die Brücke betrat, raffte Klaus noch einmal alle Kraft zusammen, umklammerte seinen Gegner, hob ihn empor und warf ihn unter dem Jubel seiner Gesellen ins Meer.

Einen Augenblick waren alle sprachlos. Dann aber brauste es wie ein einziger Schrei über das Meer, den herankommenden Koggen entgegen: „Heil! Heil, Klaus Störtebeker! Heil! Heil!"! und aus allen Kehlen ihr wildes, aufpeitschendes Seeräuberlied:

„Des lieben Gottes Freund

und aller Welt Feind!“

Gemächlich wischte Klaus Störtebeker sich den Schweiß aus dem glühenden Antlitz, band sich das Schwert um und trat unter seine Leute.

„Gut und tapfer habt ihr gefochten, Leute. Macht das Schiff klar. Wer von den Gefangenen bleiben und den Schwur tun will, darf bleiben. Die andern werft mit den Toten ins Meer. Und dann holt die Beute herauf; die Kajüte mir, das andere euch.“

Damit schritt er über die Enterbrücke auf seinen „Seewolf“ zurück, während seine Matrosen in fliegender Hast an die Arbeit gingen; wenn es um die Beute ging, bedurfte es keines Ansporns, dann griffen sie zu, als gälte es das Leben. Heute aber ging es noch schneller als sonst; denn aus den untersten Luken drang plötzlich ein dicker Qualm hervor und wälzte sich funkendurchsprüht nach oben. Irgendeiner hatte einen Zunder unter den Bleikesseln entzündet und ihn fallen lassen. Unbemerkt hatte sich das Feuer weitergefressen und das ganze Vorderschiff ergriffen, und nun brachen die Flammen sprühend und knisternd hervor und fraßen sich satt an den geteerten, sommerdürren Planken. Was kümmerten sich die Matrosen da noch um die Toten und um die Verwundeten!

„Feuer im Schiff! Feurio! Feurio! Die Beute heraus!“

Was sie fassen und tragen konnten, schleppten sie heraus, wälzten es über die Enterbrücken auf den „Seewolf“, kehrten wieder zurück, kamen wieder rauchgeschwärzt aus der Tiefe des Schiffsbauches herauf und schleppten Tonnen, Ballen und Kisten über Tote und schreiende Verwundete hinweg. Immer mehr! Es war ja ihre Beute, ihnen zur Verteilung überlassen, und Beute bedeutete für sie Jubel, Lachen, Freude, Lust und fröhliche Tage und Nächte in Gassen und Schenken der Ostseestädte. Die Toten waren tot; das Leben gehörte den Lebenden.

Immer höher wälzte sich der schwarze Qualm, immer wilder lohten die gelbroten Flammen, und die Funken stoben wie fallende Sterne ins Meer. Bis an die Mastspitzen fraß sich das Feuer, und die Segel flatterten wie Flammenfahnen im singenden Wind.

Ein Glück war es für die Seewölfe, dass das brennende Schiff in Lee vor ihnen lag, sonst wäre all ihre Beute umsonst gewesen und ihre stolze Kogge wie der Feind brennend in die Tiefe geschossen. So aber blieb sie vom Feuer verschont. Dennoch fürchtete Klaus ein Überspringen der Flammen und schrie seinen Gesellen zu, an Bord zurückzukehren.

Dreimal schrie er mit herrischer Stimme den Befehl hinüber. Dann packte er selbst mit an, die Enterbrücken herüberzuziehen und den „Seewolf" von dem brennenden Schiff loszulegen, unbekümmert darum, dass noch manche seiner beutegierigen Gesellen drüben waren.

„Segel hoch! Ans Ruder, Anker!"

Rufend und winkend standen die Zurückbleibenden auf der rauchumwallten Reling, plumpsten dann wie Säcke ins Meer und schwammen hinter dem „Seewolf" her. Mehrere Matrosen warfen ihnen lange Taue zu und zogen einige von ihnen an Bord; die andern gingen mit dem brennenden Schiff in die Tiefe.

„Das war hart, Klaus", sagte Anker mit bitterer Stimme, als Störtebeker zu ihm trat.

„Hart oder nicht, Anker; es musste sein. Um der neuen Gesellen willen musste es sein. Sie sollen es wissen, dass nur ein Befehl gilt, der meinige und dass jeder, der mir nicht gehorcht, seine Strafe erhält. Und nun magst du die Beute verteilen, ich bleibe am Ruder. Die Kajüte mir, das andere euch."

Ruhig, als sei nichts geschehen, lenkte er sein tapferes Schiff durch die Fluten. Von unten herauf klang das Fluchen und Schelten der Matrosen, die sich um die Beute stritten und immer befürchteten, zu kurz zu kommen. Ein verächtliches Lächeln lag auf seinem düsteren Gesicht. Ihm war der Kampf Freude und der Sieg über einen tapferen Gegner alles, die Beute nichts; denn ihm ging es um anderes als um das Zusammenraffen von Geld und Gut. Er wollte mehr sein als ein gemeiner Pirat. Als des lieben Gottes Freund wollte er kämpfen gegen die raffgierigen, in träger Ruhe Gold und Schätze aufspeichernden, die Armen schindenden Kauffahrer, wollte sie schröpfen, bis ihr durch List und Rücksichtslosigkeit erworbener Reichtum unter alle verteilt war. Aller Menschen Feind wollte er sein; denn in ihnen sah er das Böse überhaupt, sah er die von Geld und Macht beschützte Gemeinheit, die einst auch sein Leben zerschlagen hatte. Alle wollte er treffen, um mit dem Schrecken, den sein Name über Meer und Land verbreitete, auch die zu treffen, die ihn aufs Meer hinausgetrieben hatten. Und Macht wollte er gewinnen, Macht und Gewalt über alle, vom Bettler bis hinauf zu den Königen.

Seine dunklen Augen glitten über die See. Wie ängstliche Küken drängten sich die andern Koggen nahe an sein Schiff heran. Sie hatten seine Gewalt gespürt und fürchteten ihn. Wie stolz das machte, so gefürchtet zu werden! Aber ganz andere sollten ihn fürchten lernen, die Gewaltigen der Erde. Mit dem König von Schweden, dem tapferen Führer der wilden Landsknechte in Stockholm, den die schlaue, hinterlistige Königin Margarete von Dänemark von Thron und Reich gestürzt und wie einen räudigen Hund behandelt hatte, wollte er gemeinsame Sache machen; sie beide sollten die Herren des Nordens werden und als solche des lieben Gottes Freund und aller Welt Feind sein.

Es war Nacht, als sie vor Gotland ankamen; aber der Himmel war hell und sichtig.

Tagsüber hatten sie zwischen Öland und Gotland gehalten, waren bei steifem Wind nach Norden gefahren, hatten in der Höhe von Wisby sich nach Osten gewandt und sahen nun in der hellen Sommernacht, die von Mondlicht versilbert wurde, in weiter Ferne die hohen, schneeweißen Kalkklippen des hohen Klint, an dessen Fuß und Abhang dunkel die Mauern von Wisby lagen.

Klaus Störtebeker hatte die Kapitäne aller Koggen zu sich befohlen, um mit ihnen zu besprechen, wie die Stadt, deren Befestigungen nach dem Überfall durch Waldemar Atterdag im Jahre 1361 noch nicht wieder ordentlich hergestellt waren, zu nehmen sei. Sie wollten warten, bis der Mond untergegangen war, und dann lautlos an die Küste segeln, dort ausbooten und vorsichtig und leise an das Südertor heranschleichen und es nehmen. Wären sie sicher gewesen, dass keine eisernen Ketten den Hafen versperrten, hätten sie ihre Schiffe bis an die innere Hafenmauer gesteuert; so aber war es ein zu gewagtes Spiel, und sie mussten versuchen, an der schwächsten Steile der Stadtmauer ins Innere einzudringen. Leitern sollten mitgebracht werden, Bliden und Rammblöcke, und in wildem Ansturm der Angriff unternommen und durchgeführt werden. Würde der Widerstand sehr stark sein, so sollte die Mannschaft von vier Koggen unter Ankers Führung zum Ostertor eilen und dort einbrechen. Gleich nach dem Einbruch sollte ein ungeheures Lärmen und Schreien anheben, um die Bürger irr und wirr zu machen. Jeder Widerstand sollte erbarmungslos niedergeschlagen werden. Würde der Rat freiwillig die geforderte Beute hergeben, sollte nicht geplündert werden. Nicht die Beute sei die Hauptsache, sondern die Gewinnung eines sicheren Stützpunktes.

„Und nun kehrt auf eure Schiffe zurück. Wenn der Mond untergegangen ist, folgt ihr alle dem ‚Seewolf'. Wer ein Wort oder ein Geräusch verlauten lässt, wird stumm gemacht."

Kein Ruderschlag war zu vernehmen, als die Boote ihre Kapitäne zu den Koggen zurückbrachten, die wie schwarze, tote Walfische auf den Fluten schaukelten, und kein Wort dessen, was die Kapitäne ihren Matrosen sagten, drang aus dem Innern der Schiffsleiber nach draußen.

So lagen sie und warteten auf die Dunkelheit. Kaum war der Mond im Westen ins Meer gesunken, da wanden sie die Anker hoch und segelten an die Küste von Gotland.

Nahe vor den Klippen legten sie fest, ließen die Boote zu Wasser und ruderten lautlos an die Insel, stiegen die Kalkfelsen hinan, schlichen an die Stadtmauer und krochen an ihr entlang bis zum Südertor.

Nichts war weit und breit zu hören. Die Möwen, die bei der Landung der Piraten, aus ihrem Schlaf aufgeschreckt, kreischend über das Ufer schwirrten, ließen sich wieder nieder auf die dünende See. Aus einem fernen Dorf kam das heisere Gebell eines wachsamen Hundes, sonst Stille ringsumher. Auch in Wisby schien alles zu schlafen, kein Ton drang durch die schützende Mauer.

Nach kurzer Wanderung waren die Vitalienbrüder am Tor angelangt. Ein zufriedenes Lächeln huschte über Störtebekers Gesicht, als er sah, wie wenig das Tor gesichert war und wie unzureichend die Wisbyer nach dem letzten Überfall ihre zertrümmerten Mauern ausgebessert hatten. Das würde ein leichtes Stürmen sein.

Leise gab er den Befehl, die Leitern anzusetzen und die Rammblöcke vorzubringen. In kurzer Zeit war alles geschehen. Dann gab er das Zeichen. zum Angriff. Krachend fuhren die Rammer gegen die Türflügel, dass sie zitterten und knirschten, noch einmal und noch einmal – dann zerbrach das Tor, und die wilden Gesellen stürmten in die Stadt. Ihre Pfeifen gellten, die Hörner schrien, und ihr Kampflied brüllte durch die schlafenden Gassen.

Die aufgeschreckte Torwache war gleich beim ersten Rammstoß davongelaufen, um Verstärkung herbeizuholen. Von allen Toren kamen die Wächter mit Spießen und Hellebarden gelaufen; aber vor dem heulenden Lärm der stürmenden Piraten flohen sie ins Innere der Stadt, durch alle Gassen „Feurio! Mordio!" schreiend.

Der Turmwächter stieß ins Horn, dass es über alle Dächer gellte, der Glöckner vom Dom zog die Sturmglocke, dass ihr Ruf alle anderen Sturmglocken weckte, und sie alle mit klagendem Ton die entsetzten Bürger aus den Betten rissen. Sie glaubten, es sei Feuer ausgebrochen. Als sie aber erkannten, dass der Feind gekommen sei und ihre Stadt eingenommen habe, zogen sie die Schlafmütze über die Ohren, verkrochen sich in Keller und Lager und sahen mit Grausen die Schrecken wieder, die sie unter Waldemar Atterdags Sturm erlebt hatten und sahen Zunftgenossen und Freunde erschlagen in Ecken und Winkeln liegen. Sie waren des Kampfes müde! 1800 Bauern hatten vor den Mauern ihr Leben lassen müssen - heute mochte der hohe Rat und die Kaufmannschaft die Stadt verteidigen, sie, um derentwillen die Plünderer kamen; die Bauern und Bürger hatten keine Lust und keinen Mut mehr.

Wohl waren manche, die zwar ähnlich dachten, aber trotzdem zu Schwert und Spieß griffen; aber vor den brüllend und heulend heranstürmenden Piraten wichen sie zurück, um sich beim Rathause mit der Stadtwache und den Ratsherrn und ihren Burschen zu vereinen.

Hie und da, wo alleinstreifende Vitalienbrüder trotz Störtebekers Verbot heimlich zu plündern versuchten, schlug eine helle Lohe zum Himmel empor und warf knisternde Funken über die Dächer. „Feurio! Feurio!" Und aus allen Teilen der aufgeschreckten Stadt, über die das Wimmern der Sturmglocken, das Dröhnen der Sturmhörner scholl, immer wieder der fürchterliche Ruf:

„Des lieben Gottes Freund

und aller Welt Feind!"

Klaus Störtebeker hielt seine Seewölfe zusammen und drängte hinter den fliehenden Bürgern zum Rathaus, das sich groß und stattlich vor der Kirche St. Katharina in die Nacht emporreckte. Zu dichten Klumpen geballt, hockten die geängstigten Zunftmeister, längst aller Waffen ledig, unter den hohen Schrangen und blickten ängstlich zu den bunten Bogenfenstern empor, hinter denen der Rat zu tagen pflegte, als solle von dort ihnen Hilfe werden.

Mit dem Schwertknauf schlug Klaus gegen die geschnitzte Eichentür und begehrte Einlass. Als niemand ihm öffnete, gab er Befehl, die Tür aufzubrechen, und stürmte dann mit einigen, fackelbewehrten Gesellen, alle Seewölfe hinter sich wissend, das breite, lange Schwert hoch in der Rechten schwingend, in den Ratssaal hinein.

Auch der hohe Rat schien derselben Auffassung wie die ängstlichen Bürger zu sein; nur die Hälfte war erschienen, und die den Mut aufgebracht hatten, in den Saal zu treten, standen bis auf den Bürgermeister ängstlich in den Ecken und warteten mit bleichen Gesichtern und schlotternden Knien der Dinge, die da kommen sollten.

Nur der Bürgermeister wahrte seine Würde und saß stolz und entschlossen auf seinem großen Ledersessel hinter dem Ratstisch; die Hände, die vor Erregung zitterten, umkrallten die geschnitzten Banklehnen, und um seine Lippen lief ein krampfhaftes Zucken.

Mit langen, schweren Schritten ging Klaus Störtebeker durch den hohen, weiten Saal, der vom flackernden Licht einiger dicker Wachskerzen nur schwach erhellt war, ließ sein Schwert klirrend auf den Eichentisch fallen, dass der Bürgermeister erschreckt aufsprang und einige Schritte zurücktrat und die Ratsherren noch enger zusammendrängten und ängstlich nach einem Ausgang spähten.

„Wisby gehört den Vitalienbrüdern, Herr Bürgermeister!“ sprach Klaus mit harter Stimme. „Aber seid ohne Sorgen. Der Stadt soll kein Unheil geschehen, sofern mein Angebot erfüllt wird. Ich, Klaus Störtebeker, verbürge mich dafür.“

„Das Wort eines Seeräubers!“ höhnte der Bürgermeister, dem der Mut wiederkam. „Wir kennen von Waldemar Atterdags Zeiten her die Bürgschaft von Plünderern.“

Klaus zog sein Schwert wieder an sich, stemmte es auf die Diele, stützte beide Hände auf das Kreuz des Griffs und blickte den Bürgermeister mit dunklen Augen an.

„Ich komme nicht, um lange mit euch zu verhandeln. Die Stadt ist in meiner Hand. Ich trage Kaperbriefe von Rostock und Wismar und bin kein Räuber, sondern ein Krieger, der für Mecklenburg und König Albrecht von Schweden kämpft. Auch bin ich nicht Waldemar Atterdag, sondern Klaus Störtebeker, der Admiral der Vitalienbrüder. Atterdag forderte von der Stadt drei Tonnen Goldes – ich bin mit einer zufrieden. Ist das nicht billig?"

Der Bürgermeister und die Ratsherren sanken in sich zusammen.

„Die Stadt ist ganz verarmt", kam es zaghaft über den Tisch.

„Drei Tage lass ich euch Zeit", unterbrach Klaus herrisch, „nicht mehr und nicht minder; sonst plündern wir und holen uns, was wir brauchen. Dazu befrachtet ihr meine Koggen mit Lebensmitteln, die für König Albrechts Schar in Stockholm bestimmt sind. Keine Widerrede! Ruft den Rat zusammen. Bis morgen, wenn die Domkirche zu Mittag ruft, will ich festen Bescheid. Meine Gesellen halten die ganze Stadt, alle Mauern, Türme und Tore besetzt."

Damit verließ er dröhnenden Schrittes den Ratssaal…

Als die Sonne aufging, steuerte die ganze Vitalierflotte in Wisbys Hafen ein. Jedes Schiff war von einer kleinen Wache besetzt; alle anderen Matrosen waren über die Stadt verteilt.

Noch schlugen hier und da die Flammen empor, noch wälzte sich schwarzer Rauch an manchen Stellen durch die engen, winkeligen Gassen, weil keine Hand sich fand, den Brand zu löschen, aus Furcht, von den heimlich plündernden Piraten niedergestoßen zu werden. Da schlug eine neue, flackernde Lohe zum Himmel empor, und das große Waffenhaus, aus dem Störtebeker zuvor alles Gewaffen hatte herausholen und auf die Schiffe hatte bringen lassen, wurde von der Glut des Feuers gefressen.

Als am dritten Tage der geforderte Tribut nicht gebracht wurde, gab Störtebeker den Befehl, zu plündern.

Eine rasende Meute, so stürmten die Gesellen durch die Straßen, brachen in Kirchen, Kaufhäuser und Bürgerstuben und holten herbei, was ihnen gut dünkte. Was sich zur Wehr setzte, wurde niedergemacht oder gezwungen, die Beute auf die Schiffe zu schleppen. Vergebens flehte der Rat Klaus Störtebeker an, dem Rauben Einhalt zu gebieten. Selbst wenn er es gewollt hätte, hätte er es doch nicht können; in dieser Stunde war er nicht mehr Herr über seine beutegierigen Mordgesellen.

Den ganzen Tag schrie der Jammer durch die Stadt, und als der Abend kam und die Nacht sich über Wisby senkte, war ein großer Teil der Stadt eine rauchende Trümmerstätte, durch die eine gehetzte, gepeinigte Menschenmasse weinend und jammernd irrte, um ein freies Tor zur Flucht aufs Land zu finden.

Erst am nächsten Morgen gab Klaus Störtebeker den Befehl, mit dem Plündern innezuhalten und rings das Feuer zu löschen.

Er war nun Herr der Stadt und damit der ganzen Insel Gotland, die ihm fortan ein Stützpunkt für all seine Ostseeunternehmungen sein sollte. Die schweren Eisenketten, die als Hafensperre dienten, versenkte er, um allezeit freie Einfahrt zu haben, und besetzte die Tore mit Wachen. Er selber blieb auf seinem „Seewolf“ und leitete von hier aus die Fahrten seiner Koggen. Zuerst lenkte er drei Proviantschiffe nach Stockholm; andere wurden in den Sund gesandt, gegen die Trave, um ausfahrende Lübecker abzufangen, wieder andere gegen die preußische Küste, und mit jeder heimkehrenden, beutebeladenen Kogge kamen andere Vitalienschiffe nach Wisby gefahren, um sich Klaus Störtebeker, dessen Name über die ganze Ostsee scholl, anzuschließen. Viel Gesindel war darunter, das er schroff abwies; aber manche Kogge blieb und vergrößerte und stärkte seine Macht.

So vergingen Sommer und Herbst. Ungeheure Schätze hatten sie in ihren versteckten Schlupfwinkeln auf der Insel gespeichert.

Nun kamen die Vorboten des Winters, eisige Ostwinde, die das Meer aufpeitschten, und nicht mehr lange würde es dauern, dann deckte Eis das Meer und zwang die Schiffe zu träger Hafenruhe. Darum beschloss Klaus Störtebeker, selber noch einmal nach Stockholm zu steuern, umso mehr, da die Stadt, wie ausgekundschaftet worden war, von den Dänen hart belagert wurde, große Not litt und sich ergeben musste, wenn sie nicht entsetzt wurde.

Acht große Schiffe ließ Störtebeker ausrüsten, mit Korn, Mehl und anderen Lebensmitteln beladen, und setzte sich mit seinem „Seewolf" selbst an die Spitze der Flotte.

Ein eisiger Wind warf ihnen Schnee und Hagel entgegen, als sie in See stachen, und die Spritzer, die bei der schweren See bis in die Wanten flogen, gefroren gleich zu Eis, so dass das ganze Verdeck bald dick mit Eis überzogen, war. Sie hielten sich nahe an der schwedischen Küste und steuerten nordwärts durch Schneesturm und Wellengischt. Nach einigen Tagen klarte das Wetter auf, aber nun setzte ein solch starker Frost ein, dass sich das Eis wie Panzer um die Schiffe legte und sie bald weder vorwärts noch rückwärts konnten. Fern im Westen standen auf hoher Küste die schwedischen Wälder wie dunkle Berge.

Im Osten, ganz weit, lag es hell und blank, als sei die See dort noch offen. Störtebeker stieg selbst in den Ausguck hinauf, um Ausschau zu halten, und da sah er, dass von draußen eine dänische Flotte hereindrängte, Schiffe der Königin Margarete, die auf der Jagd nach den Vitalienbrüdern die See absuchten. In grimmer Wut stampfte er auf den Boden und verwünschte den Sturm, der ihn bewogen hatte, an die Küste heranzufahren. Wäre er den Dänen draußen begegnet, hätte es eine lustige Schlacht gegeben, keinen Kampf um Beute, sondern einen Zusammenprall mit König Albrechts Feinden. So aber musste er untätig still liegen, und die feindliche Flotte nach Norden, nach Stockholm segeln sehen.

Aber auch die Feinde hatten gute Ausschau gehalten und die eisumpanzerte Flotte der Vitalienbrüder entdeckt. Sie warfen die Ruder herum und hielten auf die Küste zu, als planten sie einen Angriff auf die bewegungslosen und anscheinend wehrlosen Piratenkoggen.

Hastig kletterte Störtebeker die Wanten hinab und rief die gesamte Mannschaft zusammen. Schon war das Eis so dick, dass sie von allen Koggen an den „Seewolf" heranlaufen konnten, und nun standen sie, eine große, stattliche Zahl, und blickten erwartungsvoll zu ihrem Admiral auf.

„Die dänischen Schiffe", rief er ihnen zu, „steuern auf uns zu. Noch sind sie im offenen Wasser. Bald werden sie an der Eiskante liegen, und wenn diese draußen fest genug ist, werden sie übers Eis herankommen und uns angreifen."

Lautes Freudengeschrei brauste ihm entgegen. Sie sehnten sich alle danach, ihre Kräfte unter ihrem unüberwindlichen Admiral mit andern Gegnern zu messen als mit Kauffahrern und Heringsfischern. Aber Störtebeker erkannte besser als sie die Gefahr, in der er schwebte, und die er darin sah, dass die Dänen, die sich im offenen Wasser hielten, immer Verstärkung heranholen konnten, während er mit seinen Gesellen von jeder Hilfe und Zufuhr abgeschnitten war. Er verschwieg jedoch seine Bedenken, um seine Mannschaft nicht mutlos zu machen, und fuhr fort:

„Sie werden Sturm gegen uns laufen und von allen Seiten auf uns einstürmen. Wir aber wollen ihnen ein Bollwerk entgegenstellen, an dem sie sich die Köpfe einrennen werden. Vierzig Mann von jeder Kogge eilen an den Strand, fällen Bäume und schleppen sie heran. Die stapeln wir um unsere Schiffe und begießen sie mit Wasser, dass sie wie eine Eismauer um uns stehen. Dann mögen sie kommen."

Ein brüllendes Gelächter war die Antwort, und bald rannten die ersten mit Beilen und Hacken dem Lande zu, wo gleich ein emsiges Hauen und Sägen begann. Nach einigen Stunden, währenddessen Klaus ständig im Mastkorb stand und nach den Feinden ausschaute, kam es vom Ufer her schwarz und massig über das Eis herangestampft. Stöhnend und schnaufend schleppten sie die langen Stämme wie Schlitten über die glatte Fläche. Wie ein Festungswall türmten sie sich bald um die nahe beieinanderliegenden Vitalierkoggen, durch Stricke und Ketten verbunden, und dann klatschten die Wassermassen, den ledernen Schiffseimern entstürzend, darüber, so dass sich in kurzer Zeit die schwarzen Stämme in weiße, glitzernde Wände verwandelten.

So, nun mochten die Dänen kommen!

Lange ließen sie auch nicht auf sich warten. In dichten Haufen kamen sie über die langen Planken, die von Bord wie Brücken bis aufs feste Eis gelegt waren, gedrängt und stürmten nun unter Schreien und Rufen näher.

Die Vitalierschiffe lagen wie ausgestorben. Alle Gesellen standen, ihre Waffen fest gefasst, versteckt hinter den hohen Bordwänden und erwarteten den Feind.

Näher und näher kam er. Lauter und lauter wurde sein Geschrei.

Plötzlich wurden sie still. Sie standen vor dem Wall und konnten nicht weiter. Einige versuchten, die Eiswand zu erklettern, glitten aber kläglich herunter, obwohl sie sich auf ihre Schwerter und Piken stützten. Vergebens schrien ihre Offiziere sie an, den Wall zu stürmen. Alles Stoßen, Klettern, Hacken war umsonst.

Ein grimmiger Zorn fasste die Offiziere, als sie, die den Sieg über die Vitalienbrüder schon fest in der Hand zu haben glaubten, das Nutzlose all ihrer Sturmversuche einsahen. Aber noch grimmiger wurde ihre Wut, als plötzlich auf den Piratenschiffen die Matrosen an Deck gesprungen kamen, die Waffen schwangen und in wildes Gelächter ausbrachen.

Ein Hohnwort nach dem andern scholl hinüber, und über alles Lachen, Spotten, Fluchen und Schelten gellte immer wieder ihr wildes Piratenlied.

Selbst Störtebeker, der sich über die Kommandobrücke lehnte, konnte ein lautes Lachen nicht unterdrücken, wenngleich er wusste, dass diesem ersten vergeblichen Versuch bald andere folgen würden. Angriffe, bei denen Leitern und Wurf- und Rammmaschinen den Feinden helfen würden. Und nur das eine beruhigte ihn, dass bald die Nacht kommen und ihm Zeit zu neuer Verteidigung lassen würde.

Mit drohend geschwungenen Fäusten zogen sich die Dänen nach ihren Schiffen zurück; aber noch aus weiter Ferne scholl es wütend herüber, dass sie wiederkommen und ihnen allen den Kopf vor die Füße legen würden...

Die Dunkelheit kam schnell. Tiefe, schwarze Nacht lag über der weiten, weißen, schweigenden Fläche.

Da begann ein geheimnisvolles Tun außerhalb des Walls. Klingend und klirrend sausten die Äxte der Vitalienbrüder in das Eis und zerhieben es in einer Breite von vielen Metern zu Schollen, die sie mit ihren Hellebarden und Piken geschickt unter die feste Eisdecke schoben.

Dann kletterten sie auf ihren Leitern über den Wall zurück und überließen den Rest der Arbeit dem Frost.

Ruhig legten sich die Vitalienbrüder schlafen. Sie wussten, dass sie in dieser Nacht vor einem Angriff sicher seien. Als sie am nächsten Morgen vor Sonnenaufgang wieder an Deck kamen, war die abgeeiste Fläche wieder zugefroren, und kein Feindesauge würde erkennen, dass die Fläche neu und dünn war.

Und wieder kam es über das Eis herübergerannt. Dumpf scholl das Stampfen der schweren dänischen Stiefel durch das langsam weichende Morgengrau. Auf allen Bordwänden standen die gewappneten Vitalienbrüder und blickten schmunzelnd den heranstürmenden Feinden entgegen, die trotz der schweren Last an Leitern und Rammblocken schnell näher kamen. Als sie in Rufweite waren, wurden sie mit höhnischen Zurufen empfangen, die sie, ihres sicheren Sieges gewiss, mit lautem Gebrüll beantworteten. Nahe vor der trügerischen Eisflache sammelte ihr Anführer sie, verteilte sie über eine weite Strecke, um auf den größten Teil der Mauer auf einmal zu stürmen, schwang sein Schwert im blitzenden Licht der eben aufgehenden Sonne und hetzte seine Gesellen zu raschem Laufe vor.

Zehn, zwanzig Schritte – ein Krachen und klingendes Bersten, ein Aufklatschen der schwarzen, eisigen Flut, ein geilendes Schreien, wildes Emporstrecken klammernder Hände, Zusammenkrampfen ringender Leiber, und dann versanken die Stürmenden in die Tiefe.

Den Schrei ihrer untergehenden Kameraden noch in den Ohren, verwirrt von den Jubelrufen der lachend die Waffen schwingenden Vitalier, standen die Überlebenden einen Augenblick entsetzt an der Bruchstelle des Eises. Pfeile und Spieße schwirrten herüber, und wie von Dämonen gejagt, rannten die letzten Dänen zu ihren Schiffen zurück, eilten die Bordleitern hinauf, hissten die Segel und fuhren in die offene See hinaus…

Drei Tage und Nächte hielt das klammernde Eis Klaus Störtebekers Flotte noch gefangen. Dann kam ein warmer Südwind auf, zerbrach den starren Panzer und trieb die Schollen ins Meer.

Die Schiffe waren frei. Siegesstolz steuerten sie nach Stockholm, stapelten ihre Schätze am Hafen auf und kehrten, so schnell sie konnten, nach Gotland zurück, um hier hinter den sicheren Mauern von Wisby den Winter zuzubringen.

Bergenstürmer

Länger wurden die Tage, und größer und größer wurde Klaus Störtebekers Sehnsucht, wieder einmal mit seinem „Seewolf" die blauen Wellen der Ostsee zu durchfahren. Im großen Saal eines vornehmen Patrizierhauses, das er sich als Wohnung genommen hatte, ging er stundenlang hin und her, bald einen Blick durchs Fenster über den Hafen werfend, in dem seine Schiffe ankerten, bald missmutig vor sich niederschauend. Obwohl er strenge Mannszucht hielt, konnte er es nicht verhindern, dass seine Gesellen ein wüstes Leben führten und mehr und mehr verwilderten. Was half es, dass er dann und wann einen Übeltäter, der es gar zu arg getrieben hatte, an der obersten Rahe einer Kogge aufhängte – es schreckte nur für wenige Tage ab, und nur eins gab es, was seine Gesellen wieder ganz in seine Hand brachte: die Kaperfahrt auf offener See. Die freie Fahrt, die schäumende See, der in den Wanten heulende Wind, das waren Dinge, die besser auch zu ihm selber passten als das faule Umherliegen hinter den Mauern einer Stadt, und wäre es die schönste auf der Welt. Ein Leben ohne Taten hielt er nicht aus; es machte ihm das Blut träge und den Geist müde. Er musste wieder hinaus in den Kampf, musste spüren, dass er ein Stück der großen Welt war, das man ihn fürchtete und vor ihm zitterte. Der Ruhm seiner Taten sollte wieder laut und lebendig werden und über die Meere klingen. Oh, er war nicht gefangen und gefesselt wie König Albrecht, nein, frei war er, und diese Freiheit wollte er genießen und bis zum letzten Tropfen auskosten.

Die Hanse hatte Friedeschiffe ausgerüstet, besonders die mächtige Stadt Lübeck, um den Kampf gegen die Vitalienbrüder zu führen. Sie hatten sich alle voll Zorn gegen Rostock und Wismar gewandt, denen sie die Schuld am Unwesen der Seeräuber zumaßen, schalten auf die Kaperbriefe und das Verlangen, die Schiffahrt nach den nordischen Reichen einzustellen, und machten nun mit ihren großen, kampfstarken Koggen Jagd auf das beutehungrig die Ostsee unsicher machende Raubgesindel. Manch Piratenschiff hatten sie schon in den Grund gebohrt; aber den einen, der alles bedeutete, Klaus Störtebeker, hatten sie nicht fassen können. Sie wussten ihn sicher in Wisby und wagten sich nicht an ihn heran, sondern warteten und hofften, er würde zum Frühling, wenn die See wieder eisfrei sei, seine Koggen über das Meer verteilen und allein auf Kaperfahrt gehn; dann wollten sie ihn packen und fangen.

Klaus Störtebeker wusste davon und ersehnte selbst den Tag, an dem er sich mit den stolzen Lübeckern messen konnte. Aber zuvor hatte er einen andern Plan.

Die Beute, die er in Wisby gemacht hatte, war nur noch klein, und der lange Winter fraß sie auf. Es galt, neue zu machen, nicht Tuche und Lebensmittel, wie sie die Kauffahrer bargen, sondern Gold, glänzendes Gold, das allein ihm Macht gab und ihm Menschen und Länder untertan machen konnte. Man sagte, dass die Königin Margarete ein hohes Lösegeld für den gefangenen Albrecht fordere; wohlan, er wollte es herbeischaffen und es ihr gegen Auslieferung des Königs lachend vor die Stufen die Throns werfen.

Nach Bergen wollte er, dieser reichsten und mächtigsten Stadt des Nordens. Dort lag das Gold haufenweise, dort bargen Kirchen und Klöster unzählige Kostbarkeiten, und dort standen auch die großen Speicher und Handelshäuser der Hanse, bis hoch unter das Dach mit Schätzen gefüllt.

Wenn nur erst der Frühling übers Meer gegangen käme, dass er hinter ihm drein nach Norwegens Küste ziehen könnte!

Missmutig schnallte er sein Schwert um und ging hinaus auf die Stadtmauer. Seine Augen sahen nicht, wie tief sich die ihm begegnenden Ratsherrn und Bürger vor ihm verneigten, seine Ohren hörten nicht die Grüße, die sie ihm in demütiger Furcht entgegenriefen; all seine Sinne waren erfüllt von dem einen: Wann würde die See frei sein?

Ein feuchter Wind stieß ihn an, als er den Jungfrauenturm bestieg und über das Meer schaute. Grau und schwer schleppten sich die Wolken über den Himmel, und das Eis zeigte, wohin sein Auge blickte, überall dunkle Flächen.

Da wusste er, dass der Frühling im Anmarsch sei, und streckte jubelnd beide Arme weit von sich. Das Meer wurde frei! Klatschende, singende, rauschende Wellen kamen wieder und jauchzende, drängende Winde, Sturm, Kampf und lachendes, tätiges Leben. Eine Woche noch, dann ging es hinaus ins offene Meer!

Mit langsamen Schritten, immer die lebensfrohen Augen auf Himmel und Meer gerichtet, schritt er auf der langen Mauer dahin. Die Wachen an Toren und Türmen, die ihn immer mit Furcht und Schrecken hatten kommen sehen, erstaunten nicht wenig, als sie sein frohes Antlitz sahen und statt der Scheltworte einen Gruß oder die lachenden Worte vernahmen: „Freut euch Gesellen, die See wird frei, und es geht wieder auf Fahrt!"

Am inneren Hafen stieg er von der Mauer herab und ging über das Laufbrett auf den „Seewolf".

Anker trat ihm entgegen: „Es ist ein faules Leben, Klaus."

„Freut's dich nicht, alter Freund?"

„Dir scheint's Freude zu machen, Klaus. Du lachst ja übers ganze Gesicht, als hättest du den Morgen in einer Schenke zugebracht. Es ist für einen alten Piraten ein elendes Leben, hinter dicken Mauern vor Anker zu liegen. Da möchte ich lieber Landsknecht oder Trossbube sein."

Beide Hände legte Klaus Störtebeker seinem getreuen Steuermann auf die Schultern, sah ihm lachend in die unmutigen Augen, schüttelte ihn übermütig hin und her und sagte: „Hast du Klaus Störtebeker schon einmal lachen sehen! Heute aber lache ich! Mein ganzes Herz ist ein einziges Lachen. Wo hast du denn deine

Nase, Anker? Riechst du nicht, dass der Frühling nahe ist und in wenigen Tagen die See frei machen wird? Sorge, dass alle Schiffe klar werden und sich für die Ausfahrt rüsten. In nächster Woche fahren wir. Ordne meine Kajüte; von heute an bin ich wieder an Bord."

„Und wohin?"

„Frag nicht, Anker. Auf See geht's, und dann – dann wird die Welt erdröhnen von der lauten Wucht unserer Taten..."

An diesem Abend hörten die Bürger von Wisby nach langer Zeit wieder einmal das furchtbare Lied, das in der Nacht des Überfalls sie aus den Betten gerissen hatte, hielten beide Ohren zu und konnten die vom Hafen und von den Wachen herüberdröhnenden Worte doch nicht zum Verstummen bringen:

Des lieben Gottes Freund

und aller Welt Feind!

Auf allen Schiffen hub am nächsten Morgen ein emsiges Schaffen an, und als wirklich nach einer Woche das Eis brach und der Lenzsturm die tanzenden Schollen vertrieb, da waren alle Koggen seeklar und erwarteten die Besichtigung durch ihren Admiral. Die stärksten und schnellsten wählte Störtebeker zur Fahrt nach Bergen aus, acht an der Zahl mit über achthundert der verwegensten Gesellen. Andere Koggen erhielten Befehl, einzeln auf Kaperfahrt in die Ostsee auszulaufen und nach jedem Beutezug sofort nach Wisby, wo eine Wache von fünf Koggen und vierhundert Mann blieb, zurückzukehren. Dann hissten sie die Segel und fuhren hinaus in die tanzende, blaue See.

Klaus Störtebeker steuerte nach Süden. Keiner seiner Gesellen wusste, wohin die Fahrt gerichtet sei. Erst als die weißen Kalkfelsen von Gotland am Horizont verschwunden waren und die weite, freie Ostsee vor ihnen lag, machte er sie mit seinem Plan bekannt, der mit jubelnder Begeisterung von ihnen aufgenommen wurde.

Frisch lag der Wind in ihren Segeln und drängte sie rauschend durch die aufschäumenden Wellen. An Bornholm vorüber ging die Fahrt, an der Südküste Schwedens entlang, durch den Sund an Kopenhagen und der festen Burg von Helsingborg vorbei ins Kattegat hinaus. Die See lag weit und breit wie ausgestorben, denn noch war die Sommerfahrt nicht aufgenommen worden. Nur eine Hamburger Kogge, die Kurs auf Schwedens Küste nahm, kam ihnen in den Weg. Klaus Störtebeker lag nichts an Fahrzeug und Fracht; da er aber fürchtete, der Hamburger könne irgendwo in einem Hafen seinen Kurs verraten, gab er zweien seiner Koggen Befehl, das fremde Schiff abzutun. Er selber lief mit langsamer Fahrt weiter und war kaum auf der Höhe von Skagen angelangt, als seine Koggen wieder zu ihm stießen; weit in Osten lag eine schwarze Rauchwolke über dem Meer.

Weiter und weiter ging es nun nach Norden hinauf, an Norwegens klippenreicher Küste entlang. Schwarz und drohend stiegen die Felsen empor, schneeweiß sprangen die stiebenden Wellen an ihnen herauf, wie das Lied einer Riesenorgel umbrauste die im harten Wind brechende See die schaukelnden Vitalierschiffe. Es war ein wundervolles Fahren. Singend lehnten die Matrosen an der Reling und erzählten allen, die noch nicht so weit nach Norden gekommen waren, von der Pracht und dem märchenhaften Reichtum Bergens und von all den Genüssen, die ihrer dort harrten.

Klaus Störtebeker ließ sie singen und jubeln; war's doch für manchen unter ihnen das letzte Lied und der letzte Tag; denn morgen würden sie vor Bergen sein. Nicht zur Nachtzeit wollte er die Stadt überfallen, nein, am hellen, lichten Tage sollten seine Schiffe in den Hafen von Bergen einlaufen und sogleich den Sturm beginnen; er war sich nicht sicher, ob er in dunkler Nacht mit seinen Schiffen den Weg durch die dem Hafen vorgelagerten Schären finden würde.

Bei Sonnenaufgang steuerten sie an den letzten Klippen vorbei und sahen die weiß leuchtenden, aus Holz gebauten Häuser von Bergen vor sich liegen. Hoch ragte Bergenhus empor und blickte drohend zu ihnen herüber. Aber was kümmerten sie sich um Bergenhus mit dem trotzigen Walkendorfsturm! Von dorther drohte ihnen keine Gefahr, und lachend ihr grimmiges Piratenlied singend, brausten sie an der Feste vorüber und legten sich an der aus mächtigen Balken gefügten Hafenmauer fest.

Der Stadtsoldat, der vom Wächterstübchen hoch oben im Turm der Domkirche Ausschau hielt und plötzlich die fremden Schiffe mit dem langen flatternden Piratenwimpel im Topp sah, stieß mit Macht in sein Horn, dass es weit in allen Gassen hineinscholl und die Bürger vor die Türen rief.

Sie brauchten nicht lange zu fragen, was los sei. Antwort gab ihnen das vom Hafen herauf näher und näher heranbrausende furchtbare Lied, Antwort die ersten in Wehr und Waffen daher stürmenden Vitalienbrüder. Die Beherzten unter ihnen ergriffen ein Gewaffen und versuchten, sich den Feinden entgegenzuwerfen; aber vor der immer größer werdenden Schar wichen sie zurück. Am Marktplatz stießen sie auf den Bürgermeister und die Ratsherren, die Bürger und Wächter um sich sammelten und zu tapferer Gegenwehr ermunterten.

Der Bürgermeister selbst stürmte, das Schwert in der Hand, voran. Als er aber die ungeheure Menge der Feinde sah, entfiel ihm aller Mut, und er blieb wie angewurzelt stehn, und auch die Bürger ließen die Waffen sinken und standen hilflos da.

Ein neuer Trupp Vitalier stürmte aus einem anderen Straßenzuge heran, voran Klaus Störtebeker.

„Seid Ihr Bergens Bürgermeister?“

Flehentlich hob der die Hände empor: „Verschont uns! Lasset uns in Frieden! Wir wollen euch gern zu Willen sein.“

„Ach was", fuhr Störtebeker ihn an, „ihr habt keinen Willen! Unser ist die Stadt, mein und König Albrechts! Gebt die Schlüssel zu euren Kirchen und Truhen."

Da war es, als käme plötzlich ein neuer Mut über den Bürgermeister. Er steilte empor und rief mit lauter Stimme: „Nimmermehr überlassen wir euch freiwillig, was ihr fordert. Ihr Bürger von Bergen, fasst eure Schwerter fester, und Gott und die Mutter Maria werden uns beistehn."

Ein wuchtiger Hieb streckte ihn zu Boden, und dann begann ein wildes Gemetzel, in das die von Bergenhus heraneilende Besatzung, den Bürgern Mut machend, eingriff. Die Glocken von allen Türmen riefen wimmernd zu Gott und allen Heiligen um Hilfe, die Hörner gellten von den Wachthäusern herüber, Fluchen und Schelten brüllte durch die Gassen. Schreiende Frauen rannten, die entsetzten, weinenden Kinder mit sich ziehend, in die Kirchen, um Schutz vor den immer weiter über Blut und Leichen ins Innere der Stadt vorstürmenden Piraten zu suchen. Feuer flammten auf. Wie Zunder lohten die hölzernen Häuser auf, glühten wie zuckende Fackeln und brachen knisternd und krachend in ihrer eigenen Glut zusammen. Der stoßende Wind jagte Qualm und Flammen vor sich her und entzündete ganze Straßenreihen, dass es aussah, als stünde die ganze Stadt in Flammenglut.

In Haufen lagen die erschlagenen Bürger in ihrem Blut; aber immer weiter über Tote und Verwundete wälzte sich das Unheil. Einer nach dem anderen wandte sich zur Flucht; aber hinterdrein stürmten die Piraten und füllten bald alle Gassen mit wildem Kampfgetöse.

„In den Dom! In den Dom!"

Wie Trompetenrufe pflanzte sich der Schrei fort. Waffen flogen klirrend zu Boden, und dann begann eine besinnungslose Flucht nach den schützenden Steinmauern der großen Domkirche. Aber was half ihnen ihre Flucht. Hinter ihnen drein sangen und klangen die schwingenden Schwerter der Vitalienbrüder, trieb und hetzte Klaus Störtebekers sieghaftes Lachen: „Auf, Gesellen, auf! Unser ist die Stadt. Holt euch, wonach euch gelüstet. Brennt raubt, plündert, schlagt nieder, wo und was ihr wollt! Lasst die Bürgerhäuser den Flammen und stürmt die Klöster und Kirchen! Komm an! Komm an!“

Ein wilder Rausch war über sie alle gekommen, und wie wilde Tiere stürmten sie hin, wo ein Turm aus dem schwelenden Rauch, der über der zerstörten Stadt lag, ihnen ein Kloster oder eine Kirche anzeigte, erbrachen die Türen, drängten fluchend hinein und rissen an sich, was sie an Kostbarkeiten fanden.

Störtebeker selbst stürmte mit seiner Schar in den Dom. Dicht zusammengedrängt standen die Weiber um den Altar herum; eine Schutzwehr von Bürgern hatte sich, Schwerter und Spieße zum Angriff bereit, vor sie gestellt.

„Erbarmen! Erbarmen!“ schrie es den Piraten entgegen; aber sie hörten die wimmernden Schreie kaum, gierten mit weit aufgerissenen Augen nach den goldstrotzenden heiligen Gefäßen und Schmuckstücken und hieben erbarmungslos alles nieder, was ihnen entgegentrat.

Und dann begann die Plünderung.

Mit den Hellebarden rissen sie die goldenen Kronleuchter herab, dass sie klirrend auf die Steinfliesen stürzten. Blutige Schwerter brachen die Eichentruhen auf und legten ungeheure Schätze an Gold und kostbaren Steinen bloß. Aus den Wandschränken zerrten sie die heiligen Geräte, Schalen und Schüsseln, schmuckbehangene Gewänder, und aus verborgenen Kellergelassen bargen sie scheffelweise das rote, blinkende Gold.

Priesterhände streckten sich ihnen flehend entgegen, bettelnde Worte stöhnten sie an, hier und da bäumten sich mutige Gottesdiener gegen sie auf, doch nur, um in demselben Augenblick in ihrem eigenen Blut zu liegen.

Noch nimmer sind in Bergen Gott und alle Heiligen so oft angerufen worden wie an diesem Tage, noch nie so viele Flüche auf

Menschenfrevel geschleudert worden; der Himmel blieb stumm, und in Jammer und Verzweiflung flohen die letzten Männer, Weiber und Kinder in die umliegenden Berge.

Die ganze Nacht hindurch dauerte die Plünderung, und als am nächsten Morgen die helle Frühlingssonne am wolkenlosen, blauen Himmel stand, war von der schönen, stolzen Stadt Bergen nichts übrig als ein brennender Trümmerhaufen und zerstörte, ausgeplünderte Kirchen, Klöster und Kapellen.

Bis an den Rand waren Klaus Störtebekers Schiffe mit kostbarer Beute, mit Gold und Silber gefüllt, so dass er schier fürchtete, sie würden unter der Last auf den Grund des Meeres sinken.

So fuhren sie von Bergen ab.

Die See war still. Aber dennoch wagte Klaus Störtebeker sich nicht auf das offene Meer hinaus, sondern hielt sich nahe an der Küste. Hier wusste er von früheren Kaperfahrten her verborgene Schluchten, wo er vor einem aufkommenden Sturm Schutz finden konnte, und manche tief im Fels versteckte Höhle kannte er, die einen Teil seiner ungeheuren Beute aufnehmen sollte.

Immer noch klang das Freudenjubeln seiner Gesellen von Bord zu Bord und sprang weit über die blaue See. Er aber mochte nichts davon hören, stieg von der Brücke herab und verschloss sich in seiner Kajüte; er wollte und musste mit sich allein sein, um ganz allein, nur mit sich selber noch einmal die Wonne des ungeheuren Erfolges zu durchkosten. Man hatte ihn an den Küsten schon seit Jahren gefürchtet. Nach dem Tag von Bergen aber würde das bloße Aussprechen seines Namens schon Grauen und Schrecken verbreiten. Wisby und Bergen! Nun war er in Wahrheit der Herr der nordischen Meere, von Gotland, Bergen, Stockholm, Rostock, Wismar, und hatte Geld und Macht, um König Albrecht zu befreien, zu seinem Verbündeten zu machen und die nordischen Reiche, auf die Königin Margarete widerrechtlich die Hand gelegt hatte, unter seine Gewalt zu bringen.

Und dann?

Das Bild seiner zerstörten väterlichen Burg Hellum am Ufer der Ems trat vor ihn hin. Er sah das zerschmetterte Haupt seines jungen Weibes, hörte von den Lippen der sterbenden Magd die Kunde vom Raub seines Knaben und stöhnte tief auf. Immer, wenn die Gedanken an diese Zeit in ihm wach geworden waren, hatte er sie erstickt. Heute aber ließ er sie steigen und kommen, heute, wo er den Tag ganz nahe vor sich sah, an dem er, der Schrecken der Meere, seine Rache an denen kühlen konnte, die ihm seine fugend zerstört hatten...

Es klopfte. Anker trat ein. Als er das finstere Antlitz Störtebekers sah, wollte er zurücktreten.

Klaus hob den Kopf, und ein leises Lächeln glitt über seine Züge.

„Was willst du, Anker?"

„Wohin die Fahrt? Unter Gödeke wussten wir es immer alle; aber unter dir –"

„Ich hab' es oft selber nicht gewusst, wohin meine Fahrt ging. Aber nun weiß ich's und kenne meine Fahrt für alle Zeiten. Nein, nein, Anker, das ist nichts für dich."

Dann wurde seine Stimme heller: „Es war ein schönes Stück Arbeit, das wir in Bergen machten, und verlohnte wohl der Mühe und der Toten."

„Haha", lachte Anker, „das war's. Wenn wir nur erst unsere Beute in Sicherheit hätten! Die Koggen liegen tief zu Wasser, und über dem Ozean kommt es schwarz herauf. Packt uns hier der Sturm, dann ist's aus, und uns nützen weder heilige Gefäße noch Messgewänder; die Haie und Rochen fressen uns trotz alledem."

„Ich hab's bedacht, Anker. Unser Geld soll andern Zwecken dienen, als Ran das Haar zu schmücken. Komm, setzt dich zu mir und lass uns einen Krug Wein trinken. Wir haben unsern Sieg noch gar nicht gefeiert."

Als der Abend kam, ankerten alle Schiffe wohlgeborgen in einer sturmgeschützten Bucht. Es war hohe Zeit, denn in der Nacht ging ein Heulen und Pfeifen von See her über die Klippen, und der Sturm peitschte das Meer, dass der Schaum über die Felsen hinweg zu den Koggen hinüberstob, als brächte der Frühling wieder Winterschnee.

Tagelang lagen sie fest. Endlich ließ der Sturm nach, und sie machten sich auf die Fahrt nach den ausersehenen Höhlenverstecken, wo sie einen großen Teil der Beute verbargen und den Eingang mit Felsblöcken verrammelten. –

Wochen waren inzwischen vergangen, in denen der Sturm die donnernden Wogen gleich dunklen Bergen an die Küste gewälzt und die Vitalierschiffe an einer Heimfahrt nach Wisby gehindert hatte. Wohl war dann und wann eins der Schiffe aufs Meer hinausgefahren, um Hamburger Koggen abzufangen; aber das Glück war ihnen nur selten günstig gewesen; die ganze Seefahrt schien zu ruhen, teils wegen des Unwetters, zumeist aber wohl aus Furcht vor dem Zerstörer Bergens.

Daher beschloss Klaus Störtebeker, auszufahren und nach dem Skagerrak und Kattegat vorzustoßen. Der größte Teil seiner Beute war geborgen; ruhig konnte er jetzt den Kampf mit Wind und Wellen und den Friedeschiffen der Hanse aufnehmen.

Noch hatte er nicht die Südspitze Norwegens erreicht, als der Sturm mit erneuter Heftigkeit losbrach und wie toll über die brüllende See sprang. Wie Nussschalen wurden die Koggen umhergeworfen, die Brecher schossen klatschend über die Bordwände, und der Gischt spritzte bis über die Großsegel. Der Sturm heulte und pfiff in den Wanten und zerrte an den knatternden Segeln, als wolle er sie zerreißen. Sie mussten entweder vom Klippenrande fort auf die freie See oder einen Schutzhafen anlaufen, den sie in der Nähe wussten und in dem Klaus Störtebeker schon früher einmal mit Gödeke Micheel, Wigbold und Wichmann Unterkunft gefunden hatte. Unter Verlust von drei Koggen, die auf die Klippen geworfen wurden und mit Mann und Maus untergingen, gelang es ihnen endlich, den Eingang zur Bucht zu erreichen. Nicht wenig erstaunten sie, als sie plötzlich hohe Masten vor sich sahen und Gödeke Micheels Piratenwimpel ihnen entgegenleuchtete. Lautes Heilrufen durchbrauste die Luft, und kaum hatten Störtebekers Schiffe festgemacht, da begab er sich an Bord des „Seeschäumer" und reichte den alten Freunden die Hand.

„Heil dem Sieger von Wisby und Bergen! Heil Störtebeker!"

„Lasst die Wimpel an allen Schiffen steigen und bringt Wein! Wir wollen den Tag feiern, als wär's eine kaiserliche Hoheit. Wein her!"

Wie lange war es her, seit Klaus Störtebeker mit guten Kameraden und Gesellen lachend beim Weine gesessen! Seit er von Gödeke getrennt war, hatte er zwar ein Leben voll Kampf und Not, aber auch voller Einsamkeit geführt. Immer hatte ihn seine Kajüte allein gesehen, nie hatte er an den wüsten Gelagen seiner Gesellen teilgenommen, sondern dem allem nur ernst, verschlossen und schweigend von fern zugesehen. Nun er den alten Kameraden gegenüberstehend, kam ihm plötzlich seine lange Einsamkeit zum Bewusstsein. Lachend und lebensfroh setzte er sich an den Tisch und schwenkte den bis an den Rand gefüllten Humpen, setzte ihn an die Lippen und leerte ihn bis zur Nagelprobe, stieß ihn dröhnend auf den Tisch und rief lachend:

„Das war mein Gruß an euch, ihr alten Fahrtgesellen!"

„Bei Gott, du stürzest den Becher noch wie einst, Klaus Störtebeker. Sieh da, das gilt dir, vor dessen Namen schon Männer und Weiber erzittern und vor dem sich alle Hansekoggen verkriechen."

Damit hoben sie ihre Humpen und tranken ihm in gleichem Maße zu.

„Wer hätte das gedacht, damals, als ich dir den ‚Seewolf' gab, dass du uns allen die Beute vor der Nase wegschnappen würdest. Gotland und Bergen! Ein verteufeltes Stück! Stoßt an, Freunde, stoßt an und trinkt! Seit langem hat mir kein Trunk so gemundet wie heute. Ein Festtag soll es für alle Koggen sein."

Damit riss er die Kajütentür auf und rief seinem Steuermann zu, den erbeuteten Wein aus den Tiefen des „Seeschäumer“ herauf zu winden und unter alle Piraten zu verteilen. Bald kündete der laute Jubel in der Bucht an, dass sein Befehl ausgeführt worden war. Ein wildes Gelage hub an.

„Deine Gesellen haben wohl lange nichts dergleichen gehabt“, lachte Wigbold, „denn wer von Bergen und Wisby kommt, kennt Kirchen und Klöster besser als Weinschenken und Bierstuben.“

„Recht hast du, Wigbold. Wir haben mehr Wasser als Wein gesehen und mehr Blut als Bier.“

„Lass die Gesellen trinken und singen. Was haben sie anderes als das?“

Klaus Störtebeker wollte ihm hastig erwidern. Aber er besann sich; was wussten die von dem, wofür er kämpfte. Es blieb ihm auch kaum Zeit, zu ihnen von dem zu sprechen, was ihn bewegte; denn jeder brannte darauf, seine Erlebnisse zu erzählen, vom Sturm auf Helgoland, vom Überfall auf London, von mancher schwerbeladenen Hamburger Kogge, die nach kurzem Kampf in die Tiefe schoss, von lärmenden Festen in stillen Klöstern. Ihre Stimmen rauschten durcheinander, wurden lauter und lauter, als wollten sie den Lärm übertönen, der von den anderen Koggen herüberdrang. Nur Klaus Störtebeker saß wortlos unter ihnen und rang mit seinen Gedanken, die wie Brecher und Brandung in ihm auf- und niedergingen.

Auf einmal scholl, allen Lärm übergellend, das neue Lied herüber, das Lied von den Vitalienbrüdern, das sich die „Seewölfe“ nach dem Sturm auf Bergen erdacht hatten, wurde von den andern Koggen Störtebekers aufgenommen und brauste nun wie Sturm- und Wellengebrüll durch die Bucht. Störtebekers Gesellen fühlten sich als die Herren des Tages und konnten sich nicht genug darin tun, immer wieder ihr neues Vitalierlied erschallen zu lassen.

Gödeke Micheel hob den weinroten Kopf und lachte:

„Was singen deine Gesellen, Klaus?“

„Ein neues Lied, das Lied von den Vitalienbrüdern.“

Ein Lachen durchschütterte die Kajüte. „Von den Vitalienbrüdern? Ja, Klaus, weißt du denn nicht, dass es mit uns aus ist?“

„Aus?“

„Jawohl, aus und vorbei.“

„Mit Rostocks und Wismars Kaperbriefen kannst du dir das Feuer für die Grütze anzünden.“

„König Albrecht von Schweden hat Frieden geschlossen. Die Hanse hat das Lösegeld zu zahlen versprochen, und Stockholm ist in Margaretens Händen.“

„Das lügst du, Gödeke Micheel!“ Klaus Störtebeker schrie es, sprang auf, dass sein Stuhl krachend in die Ecke flog, und stand dann mit geballten Fäusten vor dem Tisch.

„Warum soll ich es lügen, Klaus? Was kümmert's uns? Der Name tut's nicht, und wir bleiben doch, was wir waren: des lieben Gottes Freund und aller Welt Feind. Setz dich und tu uns Bescheid.“

„Stockholm verloren? König Albrecht Frieden geschlossen?“ stammelte Klaus und starrte mit dunklen Augen vor sich hin.

„Trink, Klaus. Was kümmern uns Könige und Pfaffen!“

„Nein, lasst, mir schmeckt euer Wein nicht mehr.“

„Fühlst dich wohl selber als König, seit du Bergen erobert hast“, grollte Wichmann, den vollen Humpen in der Hand.

Ein bitteres Lachen verzerrte Störtebekers Gesicht, und mit langen, schweren Schritten ging er hinaus, stieg die Brücke hinan, stützte sich schwer auf das Geländer und blickte in die schwarzen Wellen, die von draußen in die enge Bucht hineinschäumten.

Friede zwischen Albrecht und Margarete. Stockholm übergeben!

Ein Stöhnen kam tief aus seiner Brust. Wo waren nun seine stolzen Zukunftsträume? Was hatte er gedacht? Er wollte Albrecht befreien, Königin Margarete das Lösegeld für den gefangenen König vor die Füße werfen und mit Albrecht vereint, gestützt auf Wisby, Bergen und Stockholm, Herr der nordischen Meere und Reiche werden. Zittern sollte vor ihm der ganze Norden, wie heute die Bergen- und Nowgorodfahrer und die Hansestädte der Ostsee vor ihm zitterten. Und nun brach das alles zusammen! Albrecht hatte sich Königin Margarete unterworfen und Frieden mit ihr geschlossen? Wie war das möglich? Konnte er all die Schmach und Schande vergessen, die Dänemarks Königin ihm angetan hatte? War er so wenig Herr und König, trug er so wenig Stolz in sich, dass er das alles vergaß? Dann war er es nicht wert, dass man das Schwert für ihn zog! Vergessen die Schmach? Zu Kreuz gekrochen vor Margarete? Hingeworfen sein Lebenswerk und schwächlich verzichtet, weil er drum leiden musste?

Mit stampfenden Schritten ging Klaus auf der Brücke hin und her.

Plötzlich reckte er sich steil auf, und ein helles Lachen lag in seinen Augen. Er wollte allein vollbringen, was er in Gemeinschaft mit Albrecht zu tun gedacht, er allein, gestützt auf alle Piraten der blauen Ostsee und auf die mit Margarete unzufriedenen Ritter und Burgherren Jütlands und Holsteins.

Fröhlich sprang Störtebeker die Stiege hinunter und trat wieder in die Kajüte, wo die drei Kumpane noch immer trinkfroh vor ihren Humpen saßen.

„So ist's recht, Klaus“, begrüßte ihn Gödeke lachend, „komm und trink. Nicht oft haben wir die Freude, in sicherer Bucht zu ruhen und statt des Schwertes den Becher zu schwingen. Es wird auch nicht lange dauern, der Sturm flaut ab, und es geht wieder auf Fahrt.“

„Recht hast du, Gödeke, auf große Fahrt! Die ganze Ostsee wollen wir reinfegen. Von Stockholm bis Nowgorod, von Danzig bis Lübeck.“

„Sachte, sachte! In der Ostsee sind wir fertig, seitdem sie uns die Kaperbriefe zerrissen und die ganze Hanse auf den Hals geschickt haben. Der Teufel schlage sich mit all den neuen, starken Kriegskoggen herum."

„Mein ich auch, Klaus! Was hast du davon? Beute wollen wir, Beute! Und die holen wir uns nur von den Kauffahrern. Bist lange genug so dumm gewesen, Stockholm und die andern mit Viktualien zu versorgen; wir haben's nicht mitgemacht, haben uns nur immer, die Kaperbriefe in der Tasche, an Beuteschiffe für unsern eigenen Vorteil gehalten. Beute wollen wir und uns nicht von Kriegskoggen in Grund bohren lassen. Und darum müssen wir in die Nordsee hinein und auf Londonfahrer fahnden."

„Ist dir der Wein zu sauer?" lachte Wigbold. „Machst ja ein Gesicht, als hättest du Essig getrunken, und ist doch der schönste Wein, den wir je von Spaniens Küste uns geholt haben."

Mit flammenden Worten trug Klaus Störtebeker ihnen seine ehrgeizigen Pläne vor. Von seinen eigenen Worten und Träumen berauscht stand er vor ihnen, und ein helles Licht glühte aus seinen dunklen, wilden Augen. Aber seine Stimme wurde müder und verzagter, als er sah, wie seine Worte an den andern vorbeiflogen, als seien sie in den Wind geredet. Und als nun gar Wigbold und Wichmann in ein höhnisches Gelächter ausbrachen, wusste er: von dort kam ihm keine Hilfe, aus ihnen grinste derselbe Geist, den er vor vielen Jahren gespürt hatte, als er an der Ems von Hof zu Hof gelaufen war und um Hilfe und Rache gebettelt hatte. So musste er es allein machen.

Langsam, ganz langsam wich er zurück, das Antlitz kalt und starr. Schon fasste er die Tür, da rief Gödeke ihn zurück: „Bleib, Klaus! Und ihr andern geht auf eure Schiffe."

Sie torkelten weinselig lachend davon.

„Wird's eine Königskrone oder Bischofsmütze?" lallte Wigbold. „Vergiss die alten Freunde nicht, Klaus. Du weißt, dass ich von den hohen Schulen komme und das Zeug zum Kanzler und Priester in mir trage."

Lachend schob Gödeke die trunkenen Kameraden hinaus, und dann waren die beiden allein. In tiefem Schweigen saßen sie sich gegenüber.

Endlich begann Gödeke: „Deine Schwingen sind gewachsen, Klaus, und wollen hohen Flug."

„Und du, Gödeke?"

„Ich bin Pirat, weiter nichts. Nicht Gottes Freund, wie die Gesellen singen, sondern nur aller Welt Feind, weil ich sie hasse, seit –"

„Auch du?" unterbrach ihn Klaus.

„Lass das! Frag mich nicht; ich hab' auch dich nicht gefragt."

Er sprang auf und ging eine Weile wortlos hin und her. Dann legte er beide Hände auf Störtebekers Schultern und sagte mit bitterer Stimme: „Mit dem Gesindel, das wir an Bord haben, kannst du Angst und Schrecken erregen; aber was du planst, Klaus – nein, nein, dazu gehören andere Kerle. Hast du von Keno tom Broke gehört? Der in Friesland sitzt und selbst dem König von Holland trotzt? Du und er, ja, dann glaub ich an jedes Gelingen. Auf all das, was als Vitalier in deinem Kielwasser segelt, rechne nicht. Sie denken wie Wichmann und wollen nichts als Beute. Lass ab, Klaus, lass ab. Schlag dich mit deinem ‚Seewolf' zu uns und lass die andern zum Teufel gehn. Wir aber machen die Nordsee unsicher und lachen Not und Tod ins Gesicht, bis über uns die Wellen zusammenschlagen oder uns der Henker irgendwo am Galgen hochzieht."

„Mir gehört Bergen!" brauste Klaus auf.

„Wie lange noch? Gegen die Hanse kannst du die Stadt nicht halten."

„Und Gotland."

„Vor der Küste von Schweden, das ganz in Margaretens Hand ist, und auf das Mecklenburg und die Hanse schon immer die Augen geworfen haben."

„Du lässt mich allein, Gödeke?"

Es kam zu keiner Antwort. Von der Kogge herüber, die am Eingang der Bucht die Wache hielt, scholl lautes Rufen. Erst war es ein wildes Durcheinander. Dann löste sich daraus der Ruf nach Klaus Störtebeker, so dass die beiden Männer erstaunt aufhorchten und zur Tür eilten. Da trat ihnen hastig ein Matrose entgegen: „Eine Kogge von Wisby ist eben eingelaufen."

„Von unsern?"

„Ja."

Ein Mann, der Führer der Kogge, drängte den Matrosen zur Seite und wurde von Gödeke in die Kajüte gezogen. Sofort begann er: „Wisby und Gotland sind verloren. Konrad von Jungingen, der Großmeister des Deutschen Ordens, ist mit seinen Schiffen gekommen und hat uns alle bis auf mich in den Grund gebohrt. Wir sind die einzigen, die übrig sind."

Totenstille herrschte im Raum.

Tief gebückt ließ sich Störtebeker in einen Stuhl sinken und blickte starr vor sich hin. Dann erhob er sich, ging schweigend hinaus, stieg in ein Boot und ließ sich nach dem „Seewolf" hinüberrudern.

Die Kajütentür schloss er fest zu, er wollte allein sein und keinen sehen.

Glühend rot ging die Sonne unter. Die Nacht wälzte sich über die Berge und lag schwarz und schwer über der Bucht. Der Wind sang in den Masten, und die Wellen klatschten eintönig an die schwarzen Planken. Dann und wann scholl ein Ruf, ein Schrei; dann war es still. Die Matrosen waren trunken aufs Lager gesunken, und nur die Wachen schritten mit dumpfen, gleichmäßigen Schritten auf dem Verdeck hin und her.

In Klaus Störtebekers Augen kam kein Schlaf. Er saß zusammengekauert in der Dunkelheit und wütete gegen das Schicksal, das Herr über ihn zu werden und ihn herunterzustoßen schien in ein Nichts, aus dem es keinen Aufstieg mehr gab. Aber er wollte sich nicht unterkriegen lassen, er wollte Herr über sich und seine Pläne bleiben. War es denn schon vorbei? Nein, nein, vorbei nicht, nur hinausgeschoben, unterbrochen für einige Zeit. Noch lag die Welt vor ihm. Nur von einer andern Seite musste er sie angreifen, mit neuen Mitteln sie anpacken. Keno tom Broke, der Friesenhäuptling, von dem er schon früher gehört hatte, Keno tom Broke, der als freier Held an den Ufern der Nordsee saß und Fürsten, Bischöfen und Städten trotzte in ungebändigtem Freiheitsdrang, war sein Mann. Zu ihm wollte er, um von dort aus von neuem den Kampf zu beginnen. Ein neues Lied sollte die Meere durchbrausen, und wilder als je sollte es über Land und See erklingen:

Des lieben Gottes Freund

und aller Welt Feind!

In aller Frühe trat er zu Gödeke Micheel in die Kajüte, und seine Stimme klang wieder so hell wie einst, wie immer, wenn es zum Kampf und Sieg ging: „Wir fahren, Gödeke. Nach Friesland geht's zu Keno tom Broke! Fährst du mit?"

Vier Hände langen ineinander zu ehrlichem Treueschwur.

„Jawohl, Klaus Störtebeker. Und du führe uns!"

Keno tom Broke

Im singenden Wind brausten die Schiffe nach Süden, allen voran Störtebekers schneller „Seewolf", dahinter der „Seeschäumer", „Hai" und „Wal", und weiter zurück die andern Koggen.

Durch Tage und Nächte segelten sie und rauschten bald an den weißen Brandungswellen der nordfriesischen Inseln vorüber, bis sie in der Ferne die roten Felsen von Helgoland sahen, die wie eine mächtige Burg aus dem Meer aufragten. Zwischen der Düne und dem Felsen warfen sie Anker und beschlossen, hier einige Tage zu verweilen, um sich einen festen Stützpunkt zu sichern. Störtebekers Gesellen waren die ersten, die an Land gingen. Als ihr Boot sich dem Ufer näherte, kam ein blutjunger Bursche in zerfetztem Gewand hinter einigen großen Steinen hervorgekrochen und machte sich daran, die Felsen zu erklimmen; aber bald stürzte er ab und wurde von den Seewölfen festgenommen und zu Störtebeker geführt, weil sie ihn für einen Spion hielten.

„Wer bist du?" fragte Klaus und sah ihn mit harten Augen an.

„Margo nennt man mich", kam es leise über die bleichen Lippen, „weiter weiß ich selber nichts von mir. Ich war Junge auf einem Vitalierschiff, das vor einigen Tagen von einem Londonfahrer in den Grund gebohrt wurde, als es hier im Schutz der Insel lag. Ich bin der einzige, den die Wellen ans Land warfen."

„Sprichst du die Wahrheit?"

„Bei Gott, ich lüge nicht. Und so du der bist, dessen Name ich von deinen Gesellen gehört habe, Klaus Störtebeker, so nimm mich in deinen Dienst." Klaus lachte und sah den Burschen von oben bis unten an; es war etwas an ihm, das ihm gefiel, und so fragte er: „Was weißt du von Klaus Störtebeker, Knabe?"

Der Bursche bekam Mut, als er das Lachen hörte, richtete sich auf und antwortete: „Oh, ich kannte dich schon, als ich noch nicht zur See fuhr. Die Mädel verkrochen sich, wenn sie deinen Namen hörten; aber wir Jungen wollten werden wie du."

„So, du wolltest werden wie ich? Nun gut, so bleib! Magst einen der Gesellen ersetzen, die ihr Blut in Bergens Straßen vergossen."

Damit wandte sich Klaus Störtebeker, ohne sich um Margo zu bekümmern, und schritt weiter über die Insel. Die Einwohner, die sein Wimpelwappen in der Bucht hatten flattern sehen, wichen scheu in ihre Hütten, als er finsteren Blickes durch die engen Gassen schritt, und bekreuzigten sich, als er vorübergeschritten war. Es war ihnen in ihrer abergläubischen Angst, als sei der Gottseibeiuns selbst zu ihnen gekommen. Noch größer wurde ihr Entsetzen, als einige Stunden später auch die letzten Schiffe ihre Piratenwimpel in der Bucht zeigten und die Gesellen sich lärmend über die Felsen ergossen.

Nicht lange blieben die Vitalier vor Helgoland liegen. Gödeke stieß nach der holländischen und englischen Küste vor. Wigbold und Wichmann hatten es vor der Wesermündung auf ausfahrende Bremer abgesehen, die kleineren steuerten auf die Eider los, und Klaus Störtebeker lenkte seinen „Seewolf" nach Süden zu Keno tom Broke, den er auf der Oldeborg im Brokmerland wusste. Matrosen aus aller Herren Ländern waren auf dem „Seewolf"; war es da ein Wunder, dass auch Ostfriesen drunter waren, die an der tückischen Küste Ströme, Watten und Sandbänke kannten? Sicher segelte das Schiff durch die Untiefen bis vor Engerhave. Eine merkwürdige Stimmung hatte alle Matrosen erfasst. Sie wussten nicht, um was es ging, kannten nicht die Pläne ihres Kapitäns und waren sich nur dessen gewiss, dass es sich heute nicht um Raub und Plünderung handelte. Auch merkten sie wohl, dass Klaus Störtebeker heute anders war als sonst. Er trug ein stattliches, mit goldenen Ketten und Juwelen geschmücktes Gewand, aber sein Gesicht war finster und blass, als er ins Boot stieg. Zehn Gesellen tauchten die Riemen ein, und dann hastete das Fahrzeug dem Ufer zu.

Schwarz und düster reckte sie die Burg empor. Die Brücke, die über den breiten Burggraben führte, war herabgelassen, so dass Klaus Störtebeker ungehindert hinüberschreiten konnte. Noch hatte er sie nicht zur Hälfte überschritten, als Keno tom Broke durch das von vielen Händen aufgerissene breite Tor ihm entgegentrat. Er war ein blonder Riese mit blauen, blitzenden Augen und einer Stimme so laut und hell wie Möwenschreien über der See.

„Klaus Störtebeker", rief er, „ich sah vom Turm aus deinen Wimpel wehen und sich der Küste nähern; denn wer, soweit die Wellen schäumen, kennt deinen Namen und dein Wappen nicht. Sei mir als Gast auf meiner Burg willkommen. Ich, Keno tom Broke, begrüße dich und deine Gesellen."

Klaus zögerte einige Sekunden mit einer Antwort und ließ seine dunklen Augen forschend über Keno gleiten. Dann streckte er hastig die Hände vor: „Hab' Dank, Keno tom Broke. Schon lange war es mein Wunsch, zu dir, dem Häuptling der Ostfriesen, zu gehn, um in dir einen Mitstreiter im Kampf um Recht und Freiheit zu begrüßen."

„So wink deinen Gesellen und tretet alle ein."

Der Wink, den Klaus Störtebeker nach hinten gab, wurde bemerkt und weitergegeben, und nach kurzer Zeit wimmelte der Strand von kleinen, flinken Booten, und in dichten Scharen strömten die Gesellen zur Burg.

Keno stand am Fenster seines Festsaals und blickte in den Hof hinunter. Ein Lachen, das aber nicht ohne Grauen und leise Furcht war, kam über die Lippen, als er den wilden Tross sah.

„Tod und Teufel, Störtebeker, mit solchen Gesellen mag man schier die Hölle stürmen."

„Ich bin schon mit Wisby und Bergen zufrieden", lachte Klaus, schnallte sein Schwert ab und lehnte es in die Ecke.

„Das glaube ich; denn reichere Beute hätten selbst Hamburg und Bremen nicht zu vergeben. Doch setz dich und lass uns den Tag feiern."

Nun erst sah Klaus Störtebeker die ungeheure Pracht des Festsaals. Kein König hätte festlicher wohnen können. Schwere Teppiche hingen von den Wänden herab, auf der Diele jagen große Felle und bunte Matten, an der Decke waren blitzende Kronleuchter befestigt, rings an den Mauern entlang liefen tuchbehangene Ruhebänke, und um den mächtigen Eichentisch, der sich schier unter der Last des goldenen und silbernen Geschirres bog, standen schwere Sessel, deren buntgepunztes Leder mit goldenen Nägeln befestigt war.

Mit Behagen spürte Keno Störtebekers Staunen und sagte mit listigem Augenzwinkern: „Der Sieger von Bergen, dessen Schiffe unter der Last der Goldbeute fast versinken, wird fürstlicher wohnen als ich Friesenhäuptling."

Abwehrend hob Klaus beide Hände hoch und lachte fröhlich: „Die Vitalienbrüder haben weder Heim noch Haus und kennen nur die schwankenden Schiffsplanken, die keinen Raum für Pracht und Prunk bieten."

„So schaff dir Raum!"

„Mir steht der Sinn nach andern Dingen."

„Alles zu seiner Zeit. Doch horch, deine Leute werden ungeduldig. Wir wollen zu ihnen gehen."

„Ich lasse sie gewöhnlich allein."

„Aber ich möchte nicht, dass sie das Gelüste ankommt, mit uns in der Festhalle zu sitzen. Ihr habt es in Bergen bewiesen, dass euch das Zechen und Feiern in festen Häusern lieber ist als im offenen Hof."

Lachend gingen sie zu den Gesellen hinunter. Mitten auf dem Hofe brannte ein Feuer, darüber ein ganzer Ochse schmorte, dass sein Duft den wilden Piraten wie Weihrauch in die Nase stieg und ihnen die Mäuler wässerig machte. Aus den Kellern wurden große Tonnen, gefüllt mit Hamburger Bier, herausgerollt, und so hub bald ein ungeheures Trinken an. Noch waren die „Seewölfe" allein; Keno fürchtete sich, sie gleich am ersten Abend bei Bier und Wein mit seinen eigenen Gesellen zusammenzuführen, und lachend gab ihm Störtebeker recht, wusste er doch, dass in der Trunkenheit seine sieggewohnten Leute leicht prahlsüchtig wurden und das Messer gar lose im Gurt trugen.

Keno fand sich schnell in den wilden Ton der Gäste, mischte sich lachend unter sie und machte überall mit, während Störtebeker nur widerwillig an dem Lärm teilnahm. Er musste daran denken, dass Gödeke sie vor kurzem ein wildes Gesindel genannt hatte, mit dem nichts anderes als Mord und Raub anzufangen sei, und deren Herz immer nur dem gehöre, der ihnen am meisten Beute verspräche. Tapfere Gesellen waren es, todesmutige Helden, die ihm durch fahre hindurch treu zur Seite gestanden hatten; aber war er auch nur einem von ihnen nähergekommen? Hatte er auch nur einen von ihnen in sein Inneres blicken lassen? Fremd gingen sie nebeneinander her; nicht einmal Anker wusste um sein Fühlen und Denken, sein Träumen und Hoffen. Ach, wie ihn mitunter das wüste Geschrei seiner Leute anekelte! Jetzt fingen sie wieder an, ihr Lied zu singen: Des lieben Gottes Freund und aller Welt Feind, und wussten doch nicht, was sie sangen. Schnell wollte er unter sie treten, um es ihnen zu verbieten. Aber er besann sich und stellte sich in eine Ecke des Hofes, in die nur gedämpftes Fackellicht fiel. Da sah er den Knaben, den sie auf Helgoland an Bord genommen hatten, mit großen flackernden Augen blickte er auf das laute Treiben der andern.

„Was machst du hier, Margo? So heißt du doch?"

Der Bursche schwieg. Da beugte Klaus Störtebeker sich nieder und blickte ihn an. Eine leise Rührung kam plötzlich über ihn, als er die bangen Knabenaugen sah, die von den Schrecken des Piratenlebens noch nicht viel wussten, obwohl er behauptete, von einer Kaperfahrt gekommen zu sein.

„Fürchtest du dich vor mir und meinen Gesellen?“

Margo schüttelte den Kopf und sah mit großen Augen zu dem gefürchteten Störtebeker auf, der auf einmal so weich und milde sprach und ihm jetzt gar die Hand aufs dunkle Haar legte.

„Nein, nein, ich fürchte mich nicht vor dir.“

„Und doch will ich dich, wenn wir einmal an Holsteins Küste einen Hafen anlaufen, an Land setzen. Dort magst du mit deinem Beuteteil in der Tasche dein Glück suchen gehn. Knaben gehören nicht unter Räuber und Mordbrenner. Sag', wie kommst du überhaupt unter die Piraten?“

„Ich weiß es nicht. Ich hab' weder Vater noch Mutter gekannt und bin immer von Hand zu Hand gegangen, war bald hier, bald da und kam schließlich aufs Schiff.“

Längst Vergessenes stieg plötzlich in Klaus Störtebeker auf und stand in vielen Bildern vor ihm, dass er schier vergaß, was um ihn vorging. Aber hastig schüttelte er alles wieder von sich ab; er hatte noch keine Zeit, an all diese Bilder und Träume zu denken, erst musste das große Werk, das er plante, getan sein.

Margo, der den Stimmungswechsel bei seinem Kapitän sah und ihn nicht verstand, wollte sich heimlich davonschleichen. Störtebeker aber hielt ihn fest, sah ihn scharf an und sprach: „Von morgen an dienst du mir allein. Ich will nicht, dass du unter den andern Gesellen weilst. Dein Platz ist in der Kammer neben meiner Kajüte.“

Dann mischte sich Klaus unter seine Leute. Er wusste selber nicht, wie es kam. Hatte das dankbare Aufleuchten der beiden Knabenaugen ihn so froh gemacht? Verflogen waren die dunklen Wolken, die ihn so oft überschatteten. Ihm war, als umbrause ihn wieder der Sturm der wilden See, als höre er das Rauschen der Wogen und als spüre er den Salzgeruch des schäumenden Nordmeeres. Das wilde Lied seines tollen Lebens sang und schwang in ihm, dass er die jubelnde Lust des Seins so machtvoll spürte wie an den Tagen von Wisby und Bergen. So kannten und liebten ihn seine Leute, packten ihn mit den braunen Armen, hoben ihn hoch empor und trugen ihn jubelnd um den Hof herum. Hochauf flammte die Lohe, aber höher stieg das wilde, trotzige Lied der Seewölfe in die dunkle Nacht hinaus...

Es war spät, als die letzten Boote vom Ufer stießen und nach dem „Seewolf" hinüberruderten.

Klaus Störtebeker blieb auf der Oldeborg. Mit großen Schritten ging er im Zimmer hin und her und blickte mit finsterer Miene vor sich nieder.

Keno, der sich, einen Humpen in der Hand haltend, auf eine Bank geworfen, sah ihm eine Weile zu. Dann rief er lachend: „Man merkt, dass ihr Piraten selten Land unter den Füßen und also wenig Gelegenheit zum Wandern habt. Nun willst du wohl alles bei mir nachholen. Doch lass genug sein, nimm einen Krug, wirf dich aufs Lotterbett. Deine Gesellen sind laute Gäste; die Stille tut wohl."

„Mir ist wenig danach zumute, auf dem Lotterbett auszuruhn, und nicht deshalb bin ich zu dir gekommen. Arbeit und Kampf ist mein Leben."

Mit einem Satz sprang Keno von der Bank auf, dass sein Humpen klingend über die Diele rollte, trat vor Störtebeker hin, fasste ihn mit beiden Händen und schrie ihn an: „Glaubst du, dass mein Leben anders ist als deins? Glaubst du, dass ich es auf dem Lotterbett und hinter dem Becher vertan habe? Frag die Hamburger und Bremer! Frag den König von Holland, der da glaubte, mich unters Joch zwingen zu können, mich, den letzten freien Häuptling der Ostfriesen! Frag die Cirksena und ihren letzten Führer Cirk, der drüben in Greetsiel sitzt. Frag sie alle! Aber das sage ich dir, wenn ich nach Kampf und Sieg mein Schwert in die Ecke stelle, dann hab' ich es gern, die müden Knochen behaglich auszustrecken."

„Ja, du Keno, du; aber ich nicht. Du hast dein Werk vielleicht beendet. Ich aber nicht, meins beginnt erst jetzt."

„Was willst du denn noch mehr? Bergen und Wisby sind in deiner Hand."

„Nein, Wisby nicht mehr. Die deutschen Ordensritter haben es erobert, meine Schiffe in den Grund gebohrt und die Insel besetzt. Damit hab' ich die ganze Ostsee verloren."

„Was willst du mit der Ostsee? Die Beute, die sie dir bieten konnte, hast du ja schon. Nun geh auf die Nordsee hinaus und bis hinunter in die spanische See. Das ganze Meer ist frei, und kein Speicher wird groß genug sein, um die Beute zu fassen."

Langsam löste sich Störtebeker von Kenos Händen, trat langsamen Schrittes ans Fenster und blickte hinaus in die dunkle Nacht. Nichts war weit und breit zu sehn. Nur vom Hafen herüber schimmerte ein gelbes Licht; das grüßte vom „Seewolf" herüber und war ihm wie ein Ruf und eine Mahnung. Vier Augen wusste er dort wach: Ankers, des getreuen Waffengefährten, und Margos, des Knaben, dessen Wesen ihm heute so seltsam ans Herz gegriffen hatte. Sollte er gleich an Bord zurückkehren und morgen mit dem Frühwind wieder nach Norden segeln und allein den Kampf beginnen? Ach, was konnte er allein?...

Er wandte sich und schritt zu Keno, der am Tische saß und in das Licht der goldenen Kronleuchter schaute.

„Recht hast du, Keno! Nach Kampf und Streit mögen Tage der Ruhe kommen, Ruhe für Schwert und Spieß, aber nicht für unsere Gedanken. Ich hab' dir noch nicht für deine Gastfreundschaft gedankt. So tue ich es hiermit, meinem Namen getreu."

Er nahm den größten Humpen vom Tisch, füllte ihn bis an den Rand, hob ihn an den Mund und leerte ihn:

„Das sei dir gebracht!"

„Und das dir, Störtebeker. Auf treue Waffenbrüderschaft!"

„Halt ein, Keno tom Broke, und höre, bevor du mir Waffenbrüderschaft schwörst. Du willst mich auf die Nordsee weisen. Nein, die Ostsee ist mein Feld, und hab' ich sie verloren, so will ich sie auch wieder gewinnen."

In flammenden Worten schüttete er seines Herzens Wünschen und Wollen vor ihm aus. Frei sollte die Ostsee werden vom Botten bis zur Lübecker Bucht, von Reval bis Kopenhagen und darüber hinaus frei die salze See bis nach Bergen hinauf, und nur einer sollte über die Segelfahrt auf den rauschenden Wogen herrschen und bestimmen. Nicht die Hanse, nicht Dänemark, noch der Deutsche Orden oder Holland sollte das Segelrecht in Händen haben, sondern er, Klaus Störtebeker, der Piratenführer. Sammeln wollte er noch einmal alle Unzufriedenen und Ausgestoßenen, alle, die in Wahrheit aller Welt Feinde waren, sie unter seinen Willen bannen und wie ein Ungewitter über die vielen Satten herfallen, die ringsum in festen Städten und Burgen saßen und sich als die Herren der Welt dünkten. „Des lieben Gottes Freund" war sein Feldgeschrei immer gewesen; Gottes Geißel wollte er werden und ein Strafgericht ausüben, soweit die Wogen brausend an bewohnte Küsten donnerten.

„Aber ganze Männer brauche ich dazu, Männer, die weiter denken als an gefüllte Truhen, wie es meine Raubgesellen tun, Männer, die in allen Hauptplätzen der Ostsee das Errungene festhalten und verteidigen, bis wir am Ziele sind und die Welt neu aufteilen. Dich brauche ich, Keno tom Broke!"

Bei den letzten Worten war er aufgesprungen. Eine helle Flamme stand in seinen Augen. Beide Hände streckte er vor, als wolle er Keno gewaltsam zu sich herüberziehen, weil er glaubte, dass seine Worte ihn nicht genügend überzeugt hätten. Aber es bedurfte keiner Gewalt. Jubelnd schlug Keno in die dargebotenen Hände.

„Hier, meine Hand, Klaus Störtebeker! Dein bin ich zu Wasser und zu Lande mit all meinen Schiffen und Gesellen. Führ uns, wir folgen dir!"

Bis die Sonne leuchtend aus dem Morgendunst aufstieg und ihr Gold über die schäumende See warf, saßen die beiden zusammen und ratschlagten, wie und wann sie ihr Werk beginnen wollten. Sie waren sich beide einig darüber, dass sie auch an der Nordseeküste feste Stützpunkte haben müssten, mit einer Mannschaft besetzt, die stark genug sei, jedem Angriff standzuhalten und die aufgespeicherte Beute zu schützen. Bergen lag zu weit nach Norden. Natürlich sollte es gehalten werden, schon um der hansischen Bergenfahrer willen. Aber auch Hamburg selbst und Bremen und London sollten in Schach gehalten werden, und darum bot Keno Stadt und Feste Mariahave als südlichen Stützpunkt an. Sie musste so stark ausgebaut werden, dass keine Macht es wagen würde, einen Angriff zu unternehmen. Dann sollte der alte Kampf Kenos mit Cirk schnell mit Störtebekers Hilfe beendet, Hamburg und Bremen, mit denen Keno ebenfalls im Streit lag, blockiert und dann der Siegeszug nach der Ostsee unternommen werden.

„Sieh, wie hell die Segel des ‚Seewolfs' in der Sonne leuchten, Klaus Störtebeker. Das ist deine Sonne, die bald deinen Ruhm über die Welt tragen wird. Doch nun lass uns ruhen; es liegen viele wache Nächte vor uns."

Als Klaus Störtebeker am Hafen stand, sah er Margo im Boot am Ufer sitzen.

„Warum bist du nicht an Bord gefahren?"

„Ich warte auf dich."

Klaus blickte ihn an und lächelte:

„So fahr mich hinüber."

Als sie auf den Wellen schaukelten und Margo scheu zu seinem Kapitän aufblickte, musste dieser wieder lächeln.

„Gut führst du das Boot, Margo. So magst du bei mir bleiben, solange es dir gefällt, wenn auch schwere Tage vor uns liegen, die nichts für Knabenherzen sind."

„Ich bin kein Knabe mehr", begehrte Margo auf und stemmte die Riemen stärker gegen die Wellen.

„So magst du es an kommenden Tagen beweisen."

„Wie kann ich das, wenn ich in deiner Kajüte bleiben soll?"

„Wart' es ab, und kommt die Gelegenheit, dann schlag zu."

Wochenlang hatten Kenos und Störtebekers Gesellen von früh bis spät gearbeitet, und nun lag Mariahave da als stärkste und trotzigste Festung Ostfrieslands. Riesige Steintore wölbten sich gegen das Meer, so hoch, dass die größten Koggen hindurchsegeln und innerhalb der Mauern ankern konnten. Speicher und Waffenräume verbargen sich hinter hohen Wällen und warteten auf Beute. Die ganze Flotte hatte sich im Schutze der Feste versammelt und fühlte sich so sicher wie noch nie. Es war ein ständiges Kommen und Gehen, und der Zuruf der ausfahrenden und heimkehrenden Koggen scholl weit durch die engen Gassen. Alle Meeresstraßen wurden von ihnen befahren, aus allen Ländern schleppten sie Wein, Bier, Lebensmittel, Gold und Silber heran. Gewiss kam manches Schiff nicht wieder, sondern lag mit Mann und Maus in der Tiefe; aber was kümmerten sich die andern darum? Lachend, als könne ihnen nichts geschehen, fuhren sie immer wieder hinaus aufs Meer. Fluchen und Wehklagen lief in Hamburgs und Bremens Straßen um, wenn es bekannt wurde, dass die Piraten wieder einmal eine reichbeladene Kogge erbeutet und die Mannschaft getötet habe; aber keiner war da, der den Mut aufbrachte, gegen Störtebekers Mordgesellen zu ziehen. Klaus Störtebekers Name flog über alle Meere und lähmte bei allen Gegnern Mut und Tatkraft. Früher, als seine Schiffe nur die Ostsee befahren hatten, hatte man sich wenig daraus gemacht. Aber nun lag er ja unmittelbar vor der Tür und bewachte Ein- und Ausfahrt, und da er in Mariahave den festen Stützpunkt hatte, durften selbst kleine und allein segelnde Schiffe einen Vorstoß in Elbe und Weser hinein wagen; es war ihnen nicht beizukommen; mit ihren schnellen Segeln wichen sie gleich in den Schutz der Feste oder der großen Schiffe zurück, um am nächsten Tage wie ausschwärmende Bienen wiederzukehren.

Klaus Störtebeker fuhr mit seinem „Seewolf“ ruhelos durch die graugrünen Wellen der Nordsee, ohne nach Beute Ausschau zu halten. Wohl sah er bisweilen an der dunklen Kimmung einen Kauffahrer seine Straße ziehen; aber gleichgültig ließ er ihn entweichen. Seine Gesellen murrten und verlangten nach Beute; er ließ sie murren und schelten, ohne sie, wie früher, hart anzufahren. Er war mit sich selber unzufrieden, noch mehr aber mit Keno tom Broke, der immer wieder Ausflüchte machte und mehr darauf bedacht schien, seinen eigenen Vorteil zu wahren, als Störtebekers Pläne zu fördern. Wie oft auch Klaus ihn an seine Waffenbrüderschaft mahnte und ihn aufforderte, die zwölf Schiffe zur Fahrt nach der Ostsee zu rüsten, immer wieder brachte er neue Einwände vor. Noch seien sie nicht stark genug, meinte er, sondern müssten außer Mariahave noch eine andere Seefestung ausbauen; auch drohe von Hollands König ein Überfall, wenn Ostfriesland von Truppen entblößt sei, weshalb erst Verhandlungen mit ihm versucht werden müssten. Und als gar Keno die reiche Beute sah, die Klaus aus dem norwegischen Schlupfwinkel heimgeholt hatte, da trieb ihn die Gier zu dem Entwurf, dass er erst über eine genügende Beute in einem sicheren Heimathafen verfügen müsse, bevor er auf der Ostsee nach Beute jage.

Die Hamburger, die ihre Späher überall hatten, merkten bald, dass das Einvernehmen zwischen Klaus und Keno nicht mehr das alte sei und versuchten daher, die beiden zu entzweien.

Es war an einem kalten Märztage. Klaus Störtebeker, dessen Kogge vor der Oldenborg ankerte, stand in der Burg von Keno tom Broke.

„Wo bleibt deine Waffenbrüderschaft, Keno tom Broke? Monatelang treiben unsere Schiffe vor Elbe und Ems und Themse, um Heringsfischern aufzulauern, während in der Ostsee sich Preußen, Pommern und Lübecker, Dänen, Schweden und Norweger einen Stützpunkt nach dem anderen erobern. Ich halte es nicht aus, noch länger auf Kaperfahrt zwischen uns und der englischen Küste zu treiben. Der Frühling kommt, die Seefahrt beginnt wieder. Wir müssen hinaus.“

Lächelnd versuchte Keno ihn zu beruhigen: „Hauen und Stechen habt ihr Piraten gelernt, nur nicht das Abwarten."

„Und ich will's auch nicht lernen. Ich werde meine Koggen unter Helgoland sammeln und nach Norden segeln, um in die Ostsee vorzustoßen. In den versteckten Löchern rings an der Küste werde ich Gesellen genug finden. Wenig scheint dir dein Wort zu gelten."

Keno wollte aufbrausen, als ein lauter Hornstoß unter dem Tor ihn ans Fenster riss. Ein Torwächter kam auf den Hof geeilt und rief Keno, der aus dem Fenster lehnte, zu, dass Abgeordnete vom Hamburger Rat vor dem Tore seien und um Einlass bäten; sie kämen mit wichtiger, geheimer Botschaft.

„Lass sie herein!" beschied Keno den Wächter und trat ins Zimmer zurück.

Klaus Störtebeker war bis an die Tür zurückgewichen und stand nun da, das Schwert in beiden Händen tragend, und blickte Keno mit finsteren Augen an.

„Geheime Botschaft vom Rat zu Hamburg? Was bedeutet das, Keno?"

Ein furchtbarer Verdacht war in ihm aufgestiegen. Sollte Keno nur mit ihm gespielt haben? Hatte er ihn den Feinden verraten und Abgeordnete der großen Hansestadt hergerufen, um ihn gefangen nehmen zu lassen? War er in eine Falle gegangen?

Aber mit freundlichem Lächeln trat Keno auf ihn zu.

„Du fürchtest Verrat? Sei unbesorgt. Wenn ich dich fangen und ausliefern wollte, um mir das Lösegeld zu verdienen, würde ich keinen andern dran teilhaben lassen. Ich weiß es selber nicht, was der Rat Hamburgs von mir will. Es steht dir frei, bei der Verhandlung zugegen zu sein oder hinter der Tür alles zu belauschen."

Mit stolzen Schritten ging er in den Festsaal, in den der Torwächter die Gäste, die auf dem Landwege gekommen waren, hineingeführt hatte, während Störtebeker, immer noch sein Schwert kampfbereit in Händen haltend, hart an die Tür trat.

„Was hat mir der Rat von Hamburg zu melden?“ hörte er Keno laut und herrisch sagen.

„Wir kommen als vom Rat gewählte Abgeordnete und haben Euch zu sagen: Kund ist es der Stadt geworden, dass Ihr nicht nur Störtebekers Raubgesellen schützt und an ihren Raubzügen teilnehmt, sondern ihm selbst Schutz und Unterkunft gewährt.“

„Und wenn ich es tue?“

„So fordert Euch der Rat auf, Euch all dieser Dinge, darum Ihr beschuldigt werdet, zu enthalten, widrigenfalls die Hanse gegen Euch Krieg eröffnet und Euch zu Wasser und zu Lande befehden und allen Schaden antun wird. Der Rat fordert sofortige Entscheidung.“

Einen Augenblick war es totenstill, so still, dass man das leise Klirren der Degenketten hören konnte.

Klaus Störtebeker stand mit offenem Munde und lauschte. Nun konnte doch nur ein Wort laut werden, ein lachendes, hohnvolles: „Nein!“ und dann der Ruf zum Fenster hinaus zu den Knechten, heraufzukommen, die Abgeordneten zu fesseln und als willkommene Geiseln in den Keller zu sperren. Ja, kam denn die Antwort noch immer nicht? Musste er selber in den Saal stürzen und den hansischen Boten Antwort erteilen? Keno! Rief er es laut, oder war es ein lautloser Schrei tief in seiner Brust?

Endlich kam die Antwort, langsam, abgewogen, leise, aber doch für Klaus hörbar: „So sagt dem hohen Rat der Stadt Hamburg, dass ich mich zu fügen bereit bin, sofern man mir in andern Dingen wird zu Willen sein, die meine Rechte an der Emsmündung und meinen Streit mit Bremen betreffen. Ich werde an den Raubzügen Störtebekers nicht teilnehmen und weder ihn noch seine Gesellen schützen.“

Langsam, ganz langsam wich Klaus Störtebeker zurück. Sein Gesicht war blass wie der Schaum der Wellen, und ein Ekel würgte ihm in der Kehle. War das sein Bündnis mit Keno? Und der ihn da drinnen den Feinden preisgab, war das der Mann, den er höher gestellt hatte als seine eigenen Gesellen, Keno tom Broke, der Friesenhäuptling, der mit ihm die Freiheit der Meere erkämpfen sollte? Elend ausliefern wollte er ihn, wie man einen gemeinen Strauchdieb dem Henker ausliefert? Nicht im offenen Kampf auf tanzender See sollte er überwältigt werden, sondern heimtückisch im Versteck? Nein, nein, nur im Kampf Mann gegen Mann ließ sich Klaus Störtebeker bezwingen und nicht in einer Schlinge fangen.

Hastig riss er ein Fenster auf, beugte sich weit hinaus und pfiff gellend das Notsignal der „Seewölfe“, dass es weit über die Wellen sprang und an alle Luken und Fenster seines Schiffes klopfte. Aufhorchend hoben seine Gesellen den Kopf und lauschten gespannt, während ihre Blicke spähend über die See liefen, als erwarteten sie von dorther Gefahr. Aber nichts war weit und breit zu sehen. Doch horch! Wieder gellte der Notruf herüber. Von der Burg kam er, von der Oldeborg, in der ihr Kapitän weilte. Was bedeutete das? War ihr Kapitän in Not? Machte sich der Verrat an Klaus Störtebeker heran?

Wie Ratten auf der Flucht kletterten sie über die Bordwände, sprangen in die Boote und brausten durch die aufschäumenden Wellen dem Ufer zu. „Störtebeker! Störtebeker!“ Wie Wogengebrüll wälzte sich der Ruf vor ihnen her und brach sich an den Mauern und Türmen der Burg, stieg hoch empor und rauschte durch die Lüfte: „Störtebeker! Störtebeker!“, schwang sich durch Türen und Tore und füllte den ganzen Hof. „Störtebeker, Störtebeker!“

Klaus Störtebeker schickte zum dritten Mal seinen Notruf über die See und wusste nun, dass sich seine Gesellen im selben Augenblick in die Boote warfen und ihm zu Hilfe kommen würden. In zehn Minuten würden sie da sein, und dann wehe dem, der es wagte, Hand an ihn zu legen! Hinter ihm standen seine Seewölfe, unter denen noch nie ein Verräter gewesen war, hinter ihm alle, die mit ihm unter der Flagge der Vitalienbrüder die See gepflügt hatten.

Fester fasste er sein Schwert, das ihm schon so manches Mal durch Not und Tod hindurch den Weg gebahnt hatte, warf sich dann gegen die Tür, dass sie krachend aufsprang, und stand, die Waffe hoch emporgestemmt, vor Keno und den entsetzt zurückweichenden Hamburger Abgesandten.

„Übel steht es dem Rat zu Hamburg an“, rief er mit höhnischer Stimme, „dass er seine Abgesandten allein zu Keno tom Broke sendet! Auch Klaus Störtebeker glaubt dieser Ehre wert zu sein. Aber seine Antwort wäre anders ausgefallen; denn Klaus Störtebeker ist kein Verräter und wortbrüchiger Schuft wie Keno tom Broke.“

Scheu verkrochen sich die Hamburger hinter dem breiten Eichentisch und wagten kaum aufzublicken aus Angst vor dem, dessen Name in aller Mund war, Furcht und Schrecken erregend, und der nun wie der Gottseibeiuns leibhaftig vor ihnen stand.

Keno tom Broke schlug eine rote Flamme ins Gesicht. Klirrend riss er sein Schwert aus der Scheide und tat, als wolle er gegen Störtebeker anrennen. Dann aber glitt wieder das alte, listige Lächeln über sein Gesicht, und er bezwang sich, ruhig zu sprechen.

„Du schmähst einen alten Waffengenossen, Klaus Störtebeker.“

„Wo blieb denn eben deine Waffenbrüderschaft, als du mich den Hamburgern überliefertest und dich von mir lossagtest? Nennst du das Waffentreue?“

Langsam schlich Keno sich an ihn heran und flüsterte ihm hastig und mit leiser Stimme zu:

„Verstehst du nicht, dass mich nur die List dazu getrieben hat und dass ich auf diese Weise den ganzen hohen Rat von Hamburg einfangen will?“

Da lachte Klaus Störtebeker noch lauter als vorhin, ließ sein breites Schwert auf den Tisch fallen, dass alle Gefäße durcheinandersprangen und die Hamburger entsetzt in die äußersten Ecken flohen, und rief mit einer Stimme, die über den ganzen Burghof scholl:

„Schweig, elender Zungenspalter. Ich habe dir zu lange vertraut und alle meine Pläne dir untergeordnet. Nun hab' ich dich durchschaut und erkannt. Aber wer Klaus Störtebeker überrumpeln will, muss es schlauer anfangen und nicht so plump vorgehen, wie du, Keno tom Broke. Viel Gesindel hab' ich auf meinen Fahrten kennengelernt; aber noch nie einen solch gemeinen Verräter, wie du es bist, und für den selbst die Rache eines Piratenschiffes zu gut ist. Froh und zufrieden seid ihr, ihr Hamburger Herrn, da ihr sein Versprechen habt, sich von Klaus Störtebeker loszusagen. Grüßt den hohen Rat und sagt ihm, dass ich dasselbe Versprechen eben mit leisen Worten erhalten und dass Keno mir die Treue zu halten versprochen, um euch besser hinters Licht führen zu können. Aber seid unbesorgt, ich lasse euch den Buben allein. Lass dein Schwert stecken, Keno! Es nützt dir nichts, dich aufzulehnen. Hörst du meine Gesellen? Hörst du, wie sie rufen? Du bist in meiner Hand, Keno, aber ich will dich nicht. Wie eine Handvoll Dreck werfe ich dich von mir."

„Störtebeker! Störtebeker!" brauste es aus hundert Kehlen von unten herauf, und „Störtebeker! Störtebeker!" brach es donnernd von allen Mauern wider.

„Wo sind deine Wächter, Keno?" höhnte Störtebeker und trat nahe vor ihn hin. „Ich höre nur meine Gesellen rufen, und soweit ich sie kenne, werden sie mit deinen Leuten nicht viel Federlesens gemacht haben. Hört ihr's, ihr Hamburger? Hört ihr mein Lied?"

Wie einst durch Wisbys und Bergens Gassen scholl es plötzlich drohend durch Burghof und Gänge, das alte trotzige Seeräuberlied:

„Des lieben Gottes Freund

und aller Welt Feind!"

Und dazwischen immer wieder der dumpfe Ruf:

„Störtebeker! Störtebeker!“

Da drangen auch schon die ersten Gesellen mit geschwungenen Waffen in den Saal und schrien nach ihrem Führer, allen voran Margo und Anker, die gleich zum Angriff vorgehen wollten; aber lachend wehrte Störtebeker ab: „Hab’ Dank, Margo, dass du so schnell gekommen bist! Aber noch ist die Stunde nicht da. Und ihr, Gesellen, schaut euch gehörig um in diesen Räumen. Ihr werdet sie nicht wieder betreten; denn dass ihr’s nur wisst: Keno tom Broke, der Häuptling der freien Friesen, hat sich vor den Abgeordneten Hamburgs gebeugt, ihnen zugesagt, uns nicht mehr Schutz und Begleitung zu gewähren. Das ist Verrat an uns und unserer Sache.“

Ein ungeheurer Lärm brach los, und Störtebeker hatte Mühe, seine Gesellen zurückzuhalten, umso mehr, da immer mehr vom Hofe heraufstürmten und in den Saal drangen.

„Halt! Kein ehrliches Piratenschwert für diesen. Und die Hamburger haben auch an dem Schrecken unseres Anblicks genug. Lasst sie laufen und den reichen Pfeffersäcken an der Elbe, die solch hohen Preis auf meinen Kopf gesetzt haben, dass ein Waffenbruder zum Verräter wird, von den ‚Seewölfen‘ erzählen.“

„Und von Klaus Störtebeker!“ schrie Margo.

„Störtebeker! Störtebeker!“ gellte es wieder wie Sturmesheulen durch die Burg, so dass den Hamburgern vor der wilden Wut schier das Herz entsank.

Noch einmal versuchte Keno, sich an Störtebeker heranzumachen; aber verächtlich wandte Klaus sich ab und rief seinen Leuten zu: „Lange habt ihr gemurrt, dass euch zu wenig Beute zugefallen sei. Schaut euch um und nehmt, was ihr wollt. Meinen Anteil überlasse ich euch; gebt mir dafür diesen feinen Waffenbruder. Er ist der erste Verräter, den ich sehe, und damit ich mich seines Anblicks noch recht lange erfreuen kann, bindet ihn an die oberste Turmspitze, dass er uns bis weit auf die See hinaus Abschied zuwinke. Und dann an Bord und heraus aus diesen heillosen Ruhelagern. Auf nach Mariahave, die Beute geholt und auf Helgoland gesteuert. Dort sammeln wir uns, und dann geht's als freie Piraten in die blaue Ostsee hinein."

„Hurra, Hurra! Des lieben Gottes Freund und aller Welt Feind!"

„Hurra, Klaus Störtebeker!"

Während Keno von acht Fäusten zur Tür geschleppt wurde und flinke, beutefrohe Finger Decken, Felle und Schmucksachen von Schränken und Tischen rissen, trat Klaus Störtebeker zu den Abgeordneten.

„Seid ohne Furcht", redete er sie an, „es wird euch kein Haar gekrümmt werden. Nicht aus Furcht vor dem hohen Rat, nein, ich fürchte euch nicht; aber ich möchte durch euch Botschaft senden, und die Botschaft heißt: Wo ich ein Hamburger Schiff treffe, werde ich es in den Grund bohren und nicht einen Mann am Leben lassen. Das ist mein Dank dafür, dass euer Rat mich hat so billig und bequem an den Galgen bringen wollen. Und nun grüßt euren hohen Rat. Ich hoffe, ihm einmal einen Besuch in Hamburg abstatten zu können."

Letzte Fahrt

Alle Segel standen prall im Wind, als Störtebekers Schiffe unter Helgoland kreuzten, um sich zur Fahrt nach Norden zu sammeln. Helles Lachen und Singen scholl übers rauschende Meer. Sie alle, Schiffsführer und Gesellen, wären des Umhertreibens und Jagens an der ostfriesischen Küste überdrüssig geworden und jubelten nun den kommenden Tagen entgegen, die sie wieder in ihr altes, siegumkränztes Kapergebiet an der norwegischen Küste und in der Ostsee führen sollten.

Hinter ihnen lag Mariahave mit seinen dunklen Mauern und engen Häusern, vor ihnen die wilde, wogende See; hinter ihnen die Zeit der kurzen Fahrten und der langen Hafenruhe, vor ihnen ein freies Streifen von Bucht zu Bucht, von Küste zu Küste, und Kampf und Streit, Sieg und unermessliche Beute. Lustig gingen ihre Blicke von Mast zu Mast, von Segel zu Wimpel, und ein frohes Leuchten stand in ihren Augen: mochte der Sturm, der über die See rannte, nur an Masten und Planken rütteln – die hielten fest, fest wie gegen jeden Feind, der etwa von der Küste her es auf sie abgesehen hatte. Wer wollte auch ihren Seerennern etwas anhaben?…

Im Schutz von Helgoland warfen sie Anker. Zehn Schiffe lagen sie dort und von allen Masten flatterte Klaus Störtebekers Wimpel. Tief in ihrer Last trugen sie die Beute von Bergen, und an allen Schanzverkleidungen hingen und standen die sieggewohnten Waffen, die scharfen Beile und Enterhaken, die wergumwundenen Zunderpfeile und Spieße.

Stolz und trotzig stand Klaus Störtebeker auf seiner Brücke und blickte über sein Geschwader, das wie eine Schar dunkler Wale auf den weißschäumenden Wellen tanzte und an den schweren

Ankertrossen zerrte und riss. Vor einer Viertelstunde waren die Schiffsführer bei ihm gewesen. Nicht alles, was er plante, hatte er ihnen gesagt. An Bergen, das leuchtendste Denkmal ihres Ruhmes, hatte er sie gemahnt, an die wilden Kaperfahrten durch Nacht und Sturm, an lustige, lachende Kampftage, an den Jubel, der über untergegangene feindliche Schiffe dahingebraust war, an die fröhlichen Tage in den Häfen der ganzen Ostseeküste, und zuletzt an Wisby, das ihnen wieder geraubt worden war und wo am Strande die angetriebenen Gebeine ihrer besiegten Genossen bleichten.

„Wisby soll wieder unser werden. Vor den Toren Stockholms wollen wir unsere festen Stützpunkte haben und darum in den Schluchten und Höhlen Gotlands uns festsetzen. Sammeln wollen wir dort die Vitalier der ganzen Ostsee, und dann mögen die Feinde herankommen, dann mögen Lübeck, Danzig und Reval ihre Friedeschiffe gegen uns senden; ob einzeln oder in ganzen Geschwadern, wir werden sie packen und wie die Katzen ersäufen, bis die See von ihnen befreit ist und wir die Herren des baltischen Meeres sind. Wenn die Sonne hinter Helgoland sinkt, lichten wir Anker und segeln. Gödeke Micheel, du fährst mit deinem ‚Seeschäumer' vorauf, die andern folgen dir, und ich decke von hinten. Haltet euch möglichst zusammen, bis ihr das Lister Tief erreicht; dort treffen wir alle wieder zusammen…"

Das war vor einer Viertelstunde gewesen. Nun stand Klaus Störtebeker und freute sich der kommenden Tage. Beide Hände streckte er weit von sich: er war wieder frei, ganz allein auf sich und seine Gesellen gestellt, und ganz allein Herr seiner Entschließungen. Er hatte das Gefühl, als finge heute erst sein Leben an, als sei alles bisher nur Spiel und Tanz gewesen, und eine wilde Sehnsucht packte ihn, dieses Leben so schnell wie möglich zu beginnen und sich auswirken zu lassen. Zu lange schon war er dem Schauplatz seiner Taten ferngeblieben, zu lange schon war es her, seit sein Name über alle Küsten geklungen und dass man in zitternder Angst sein Wirken oder auch nur sein bloßes Dasein gespürt hatte. Aber jetzt sollte sein Name von neuem klingen und singen, der

Ruhm seiner Taten sollte bis an die Sterne steigen und den ganzen Himmel überflammen, wie die lodernde Geißel, die Gott selbst seit einigen Wochen an das Firmament genagelt hatte.

Wie die Schiffe schaukelten und an den Ketten zerrten! Wie rennfreudige Rosse, die den Augenblick nicht erwarten konnten, an dem sie, von den Fesseln befreit, über das Feld stürmen konnten. Für sie gab es keinen Widerstand, kein unüberwindliches Hindernis. Wer wagte sich in dieser Zeit der Frühlingsstürme auf die Nordsee hinaus? Niemand außer Störtebekers Gesellen! Sie suchten den wilden, schäumenden Tanz auf offenem Meer, wo die Wogen am tollsten brüllten und sich gegen die Planken warfen. Die andern schlichen sich ängstlich im Schutz der Küste entlang, wie die beiden Hamburger Heringsfischer, die vorgestern, als Klaus Störtebeker von Mariahave abgefahren war, wie aufgescheuchte Hühner vor ihm geflohen waren. Anker hatte geraten, Jagd auf sie zu machen und sie nach allen Regeln der Kunst in den Grund zu bohren, um seinen Gesellen einen Spaß zu machen und sie gleichzeitig in der Übung zu halten. „Lasst sie laufen“, hatte er geantwortet, „wir haben Arbeit genug vor uns.“

Hätte er geahnt, dass die beiden Koggen vor fliegendem West in die Elbe hineindrängten und auf Hamburg steuerten, hätte er sie nicht aus den Händen gelassen. Am andern Morgen legten sie an der Brücke an, ließen sich nicht einmal Zeit, ihre Fracht auszuladen, sondern eilten sogleich zum Rathause und begehrten, vor den hohen Rat geführt zu werden.

Mit rauen Worten wies der Türhüter sie zurück: der Rat habe keine Zeit, sich um jeden Streit zwischen zwei Fischern zu bekümmern, denn anderes werde es wohl nicht sein, was sie herführte. Sie könnten ein andermal wiederkommen, jetzt verhandle der Rat mit den Gesandten, die soeben von Keno tom Broke zurückgekehrt seien.

„Wir bringen vielleicht noch wichtigere Botschaft, darum lass uns ein und melde uns dem Rat, aber gleich; denn es hat große Eile.“

Als aber der Türhüter immer noch keine Miene machte, die Tür zu öffnen, sondern im Gegenteil versuchte, sie hinauszuschieben, entstand ein lärmendes Getümmel, so dass einer der Ratsherren herauskam, um nach der Ursache zu forschen.

Die Fischer drängten sich vor: „Herr, wir bringen dem Rate wichtige Botschaft."

„Von wem?"

„Von Klaus Störtebeker."

„Was? Von Störtebeker?" fuhr der Ratsherr erregt auf.

„Kommt schnell herein und meldet, was ihr wisst."

Der ganze Rat war versammelt und hatte eben den Bericht der aus Ostfriesland heimgekehrten Gesandten gehört. Noch malten sich Schreck und Zorn auf ihren Zügen, als der Ratsherr die beiden Fischer hereinführte und mit lauter Stimme in den Saal hineinrief: „Nachricht von Klaus Störtebeker, ihr Herren!"

Der Bürgermeister sprang auf und schlug mit der Faust dröhnend auf den Tisch. Gab es denn keinen Tag und keine Stunde, an dem der entsetzliche Name nicht an ihr Ohr schlug? War es wohl schon gar vor den Toren ihrer Stadt, um mordend und plündernd durch die Gassen zu stürmen wie vor Zeiten in Bergen und Wisby?

„Sprecht, was habt ihr zwei zu melden?"

Der ältere der beiden Fischer trat, die Pelzkappe in den Händen drehend, ruhig und sicher vor den Bürgermeister und berichtete: „Herr, wir beide waren mit unseren Netzen zwischen der Elbmündung und der ostfriesischen Küste. Da sahen wir Klaus Störtebekers ganzes Geschwader von Mariahave auslaufen und Helgoland ansteuern. Es ist ein hartes Wetter, draußen steht eine schwere See, und da alle Schiffe unter großer Last tief zu Wasser lagen, werden sie vielleicht in der Bucht von Helgoland oder in der Elbmündung Schutz suchen und nicht ausfahren."

„Sprecht ihr die Wahrheit?"

„Herr, warum sollte ich lügen? Ich lege meinen Kopf unter das Beil, wenn ich nicht die Wahrheit gesagt habe."

Einer der Gesandten fuhr dazwischen: „Es wird schon die Wahrheit sein, hörte ich doch selber auf der Oldeborg den Klaus Störtebeker sagen, dass er seine Schiffe bei Helgoland sammeln und dann nach Norden, nach Bergen und bis in die Ostsee hineinsteuern wolle."

„Und wenn er seinen Plan ändert und statt dessen den Kurs auf Hamburg nimmt? Wer Bergen gestürmt hat, braucht auch Hamburg nicht zu fürchten."

Irgendein zaghafter Ratsherr, der um seine schätzevollen Speicher bangte, rief das Wort in die Versammlung und verursachte dadurch, dass eine klägliche Angst die meisten der Anwesenden ergriff. Sie sahen schon die feindlichen Schiffe im Hafen ankern, hörten das wilde Lied der Mordgesellen durch die Gassen gellen und spürten schon die Piratenschwerter im Nacken und die Dolche zwischen den Rippen. Ein lautes Durcheinander mahnender, drohender, scheltender und ängstlich klagender Stimmen entstand, gegen die der Ruf des Bürgermeisters schier machtlos war, so dass er nicht verhindern konnte, dass schon einige der Ratsherren nach der Tür drängten, um schnell ihr scheinbar bedrohendes Hab und Gut in Sicherheit zu bringen.

Da war es der breitschulterige Riese Simon von Utrecht, der sich gewaltsam Bahn durch die aufgeregte Menge brach, sich mit ausgebreiteten Armen vor die Tür stellte und mit seiner Bärenstimme in den Saal hineinrief:

„Habt ihr so wenig Mut und Vertrauen, dass euch bei dem bloßen Gedanken an Klaus Störtebeker schon das Herz in die Hosen fällt? Ihr glaubt ihn in der Elbe und jammert wie alte Weiber. Was ist denn dabei, wenn er die Elbe heraufkommt?"

„Hast du Bergen vergessen?"

„Bergen? Die Bergenser hatten kein einziges Schiff im Hafen, waren alle draußen in der Ostsee. Wir haben aber fast noch all unsere Schiffe hier, haben vor allen Dingen Hermann Nyenkarkens ‚Bunte Kuh', ein Kampfschiff, gegen das selbst Klaus Störtebekers und Gödeke Micheels stärkste Koggen nicht ankommen können."

„Recht hast du, Simon", stimmten einige ihm bei und bekamen wieder Mut.

„Ich meine", fuhr Simon fort, „wir sollten uns freuen, wenn die Piraten den Versuch wagen würden, vor unsere Tore zu kommen. Besser aber und sicherer ist's, wenn wir ihnen entgegenfahren oder sie draußen unter Helgoland suchen, bevor sie uns entwischen. Und darum bitte ich Bürgermeister und Rat, den Befehl zur Ausfahrt zu geben. Ich selber werde auf meinem Londonfahrer hinausziehen; es soll nicht heißen, Hamburgs Seefahrer wären vor Klaus Störtebeker ins Mauseloch gekrochen. Mögt ihr Kaufleute Angst haben, wir Schiffer, Werner von Ülzen, Hermann Nyenkarken und ich, Simon von Utrecht, wollen die Schmach nicht auf uns sitzen lassen. Darum geht mein Vorschlag dahin, dass der hohe Rat bewaffne und bemanne alle wehrbaren Koggen und lasse sie bis spätestens morgen elbabwärts gehn."

Er trat einige Schritte vor und stand wie ein Baum unter ihnen. Von allen Seiten streckten sich ihm Hände entgegen und flogen ihm frohe und dankbare Worte zu.

Und als gar der Bürgermeister ihm die Rechte auf die Schulter legte und ihm den Dank der Stadt für seine mutigen Worte aussprach, da bekamen auch die Zaghaftesten wieder Mut und stimmten freudig zu, als allgemein beschlossen wurde, sofort die Schiffe zu bemannen und eilig alles zu rüsten, so dass spätestens morgen die Fahrt zur Elbmündung und darüber hinaus in die Helgoländer Bucht trotz des schweren Wetters unternommen werden könne.

Zu kleinen und großen Gruppen vereint, verließen die Ratsherren unter lautem Gespräch das Rathaus: nur der Bürgermeister und Simon von Utrecht blieben zurück. Sie wollten sich gerade in des Bürgermeisters Amtszimmer zurückziehen, als sie des Schiffers gewahr wurden, der ihnen die Meldung überbracht hatte. Er stand in der Ecke des Saales und schien etwas auf dem Herzen zu haben, das er nicht recht abzuschütteln wagte.

„Da bist du noch?“ sprach ihn der Bürgermeister an:

„Was willst du noch?“

„Herr, von Euch nichts. Nur mit Simon von Utrecht möchte ich ein Wort reden.“

„So sprich; ich geh derweil voran.“

„Nein, bleibt nur, Herr Bürgermeister. Ich wollte dem Simon nur eine List, die ich plane, erzählen, und da es den Angriff auf Klaus Störtebekers Schiffe betrifft, mögt Ihr meine List immerhin mit anhören.“

Vorsichtig schaute er sich nach allen Seiten um, als fürchte er, es könnten Späher in der Nähe sein, und dann begann er, den beiden aufmerksam horchenden Männern seinen Plan zu entwickeln. Als er fertig war, dröhnte Simons Lachen durch den Saal, und während seine Fäuste dem Schiffer auf die Schultern klatschten, dass er unter der Wucht fast zusammenbrach, rief er:

„Das ist ein Meisterstück, ein Heldenstück! Aber es kann dir den Hals kosten.“

Dasselbe meinte auch der Bürgermeister. Aber der Schiffer ließ sich nicht bange machen, sondern blieb bei seinem Plan.

Noch an demselben Abend trieb er mit dem Elbstrom nach der Nordsee hinaus, während im Hafen von Hamburg hundert Hände eifrig tätig waren, die Schiffe für die bevorstehende Kriegsfahrt zu rüsten.

Hinter Helgolands roten Felsen ging die Sonne unter. Purpurn lag ihr Widerschein auf den schäumenden Wogenkämmen, dass es aussah, als wälzte sich ein Blutmeer von draußen herein, an den Schiffen vorbei und zur Elbmündung hinüber.

Unter dem einförmigen Gesang der Matrosen drehte sich auf allen Koggen das Ankerspill, rasselnd klirrten die Ketten durch die Klüsen, die Segel bauschten sich im Wind, und dann brauste das Geschwader an Klaus Störtebeker vorbei, der leuchtenden Auges auf der Brücke stand und zu den jubelnden Gesellen hinüberwinkte.

Als längst das letzte Segel vorüber war und schon fast fern an der Kimmung stand, sprang und zerrte der „Seewolf" noch immer an der Kette. Klaus Störtebeker schien keine Anstalten machen zu wollen, den andern zu folgen. Die gekrauste Stirn tief gesenkt, die dunklen Augen starr auf die tanzende Flut gerichtet, so lehnte er über das Geländer. Seine Gesellen waren es gewohnt, dass ihr Kapitän zu niemandem über seine nächstliegenden Pläne sprach, sondern sie immer unmittelbar vor die Tatsachen stellte. Immer war es so gewesen, und immer hatten sie sich darein gefügt. Heute aber, als sie die andern Schiffe langsam im Norden verschwinden sahen und selbst immer noch vor Anker lagen, wurden sie ungeduldig, machten sich viel an Deck zu schaffen und warfen trotzig verlangende Blicke nach oben. Klaus Störtebeker merkte nichts; zu sehr eilten seine Gedanken mit ihm auf neuen ungeheuren Wegen. Das letzte Jahr lief an ihm vorüber, dieses tote, leere Jahr, in dem er wie ein toter Wal am Strande gelegen hatte. Keno tom Broke! Er spie aus, als er an ihn dachte, und musste doch lächeln, als das Bild der letzten Stunde auf der Oldeborg ihm vor die Augen trat. Wie sich die hamburgische Gesandtschaft bei der bloßen Nennung seines Namens verkrochen hatte! Wie kläglich der Hanseatenmut zusammengesackt war, als der, um dessentwillen sie gekommen waren, plötzlich vor ihnen stand!

Mit einem Ruck richtete er sich auf. Er wusste jetzt, was er wollte. Einmal noch, bevor er wieder das baltische Meer pflügte, wollte er sich den Hamburgern zeigen, dass ihnen Zittern und Zagen ins Gehirn schlagen sollte. Die Elbmündung wollte er durchkreuzen und den Turm auf Neuwerk, der den Hanseschiffen den Weg nach Hamburg wies, in Grund und Boden rammen. Nur ein Flaggenmast sollte stehenbleiben, von dessen höchster Spitze sein alter Piratenwimpel über See und Sand flattern sollte, zum Zeichen, dass, wenn er nur wolle, er auch die Tore von Hamburg beherrschen könne.

„Anker hoch!"

Endlich kam der Befehl, und nach wenigen Minuten stampfte der „Seewolf" in der rollenden, brechenden See, den Schnabel nach Norden gewandt, hinter den andern drein, die schon längst im aufsteigenden Abenddunkel verschwunden waren. Aber was machten sich die Gesellen daraus? Ihr „Seewolf" war der schnellste Renner und holte sie leicht ein, vielleicht schon, bevor sie im Lister Tief waren.

„Kurs auf Neuwerk!"

Der lange Anker, der am Ruder stand, horchte auf und blickte ungläubig zu seinem Herrn hinauf, und auch die Matrosen hielten verwundert in ihrer Arbeit inne.

„Kurs auf Neuwerk!" wiederholte Klaus Störtebeker seinen Befehl. Das Ruder wurde herumgerissen, klatschend schlugen die flatternden Segel gegen die Masten, hochauf spritzten die Wellen am Bug, dann füllten sich wieder die Segel, und nach Süden ging's, in die immer dunkler werdende Nacht hinein.

„Alle Lampen klar!" befahl der Kommandant. Aber bevor noch die Matrosen sich daranmachten, den Befehl auszuführen, rief Anker zur Brücke hinauf: „Klaus Störtebeker, wir kreuzen vor der Elbmündung und sind allein."

„Was schadet es, Anker?"

„Hamburg ist nicht Bergen, Klaus Störtebeker, und wenn sie uns in der Nähe wissen, wären sie dumme Teufel, wenn sie nicht über uns herfielen."

„Fürchtest du dich, Anker?"

Statt aller Antwort scholl Ankers Befehl an die Matrosen, Licht zu machen. An Back- und Steuerbord flammte das rote und grüne

Licht auf, und hoch über Segeln und Rahen leuchtete die weiße Topplaterne wie ein heller Stern. So fuhren sie durch die dunkle Nacht, immer näher auf Neuwerk zu. Lustig tanzte das Licht ihrer Lampen über die schwarze, schäumende, singende Flut. Weder Mond noch Sterne standen am Himmel; nur das Licht über dem Piratenwimpel wanderte unter den dunklen Wolken hin. Der Strom ging stark, die Flut drängte in die Elbe hinein. Der Abend war nass und kalt. Dann und wann prasselte ein Regenschauer über das Deck und hing sich wie ein dunkler Vorhang um das Schiff. So kam es, dass sie erst spät das Feuer von Neuwerk erblickten und so nahe davor waren, dass einige der Gesellen den dunklen Turm zu sehen glaubten.

Da beschloss Klaus Störtebeker, vor Anker zu gehen und den Eintritt der Ebbe abzuwarten, um dann, obwohl es lichter Tag sein würde, über das Watt mit Beilen und Rammböcken gegen Neuwerk vorzugehen. Der Gedanke, dass Hamburger Schiffe in der Nähe sein und ihm gefährlich werden könnten, kam ihm in keinem Augenblick; er fühlte sich so sicher wie auf offener See und ließ daher auch nicht mehr Wachen ausstellen als sonst.

Tiefe, schwarze, sturm- und regendurchbrauste Nacht. Heulen und Pfeifen in Trossen und Wanten, Klatschen und Platschen in Segeln und Wimpeln, Brausen und Zischen in Wogen und Flut.

Die Matrosen waren in ihren Kojen, um sich für den morgigen Tag Kraft zu erschlafen. Auch Klaus Störtebeker wollte sich zur Ruhe begeben, als plötzlich vom Ausguck der Ruf kam: „Boot ahoi! Boot ahoi!"

Alles, was noch an Deck war, beugte sich über die Reling und schickte spähende Blicke in die Nacht hinaus.

Nichts war zu sehen noch zu hören.

Doch jetzt – ein Ruf kam durch die Dunkelheit, und ein auf- und niedertanzender schwarzer Ballen näherte sich. Die Seewölfe wollten zu den Waffen greifen, aber Störtebeker verwies es ihnen;

was dort aus der Nacht herüberkam, war kein Feind, der gefährlich werden konnte. Er befahl daher, das Boot mit Stangen und Haken zu fassen, und rief dem Mann, der jetzt im näherkommenden Fahrzeug sichtbar wurde, zu: „Wer bist du, und was willst du?“

„Ach, Herr, ein armer Fischer aus Blankenese, der mit seinem Gesellen zum Fang in die Elbmündung ausgelaufen ist. Nun hat uns der Sturm überrascht. Erlaubt, dass ich mich in den Schutz deines Schiffes lege, damit ich Ruhe habe und mir im Boot ein Feuer anzünden kann, um mir mein Essen zu wärmen. Wenn der Tag graut, mach ich mich wieder davon.“ Gar kläglich scholl die Stimme aus dem tanzenden Boot herauf, und der über und über nass gespritzte Fischer sah dabei im Schein des Laternenlichts, das Anker auf ihn fallen ließ, so gottesjämmerlich drein, dass Klaus ihn nicht abweisen mochte; er wär ja selber einmal in Sturm und Nacht aus der See aufgefischt worden.

„So führt ihn in Lee!“ befahl er.

Mit Haken und Stangen schoben die Gesellen das

Boot an der Bordwand entlang, bis es im geschützten Winkel zwischen dem breiten Ruder und dem weitausbuchtenden Heck lag.

Dann herrschte Ruhe auf dem „Seewolf“.

Mit einförmigen Schritten ging der Wachtposten hin und her. Anfangs warf er noch ab und zu einen Blick in das angetriebene Boot hinunter, namentlich, seitdem dort ein Licht aufgeflackert war. Aber er lachte nur mitleidig, als der Duft von gebratenen Fischer ihm in die Nase stieg, und kümmerte sich nicht weiter um das Tun der beiden Fremden.

Die beiden Fischer saßen beim Mahl, hatten aber noch einen zweiten Napf aufs Feuer gesetzt, als wollten sie sich noch eine Speise bereiten. Gar seltsame Zutaten brauchten sie dazu, schwere, graue Bleiklumpen, die sie vorsichtig in den Napf gleiten ließen und gleich wieder mit einer Platte verdeckten. Als alles eine brodelnde, silberglänzende flüssige Masse war, schoben sie ihr Boot noch tiefer in den Winkel hinein und gossen das glühende Blei in die Öffnungen, in denen sich das Ruder drehte, wo es sofort erkaltete, so dass sich das Ruder weder rühren noch rücken konnte. Vorsichtig lösten sie dann ihr Boot und glitten mit Strom und Wind davon, der Elbmündung entgegen.

Der Posten sah sie abtreiben; aber er dachte: „Was kümmert's mich, wenn sie versaufen wollen?" und setzte seinen Wächtergang ruhig und halbverschlafen fort, nur dann und wann einen Blick in das Dunkel werfend das über der See lag.

Die Nacht entwich. Fern im Osten begann sich der Himmel zu lichten, ein blasses Grau schob sich höher und höher empor. Gähnend streckte der Posten die Arme und reckte den von der Kühle der Nacht steifgewordenen Körper. Da sah er von der Elbmündung herauf ein Geschwader großer dunkler Koggen herankommen. Waren es die eigenen Genossen, die zurückkehrten? Nein, nein, fremde Schiffe waren es, denen das Hamburger Wappen im Wimpel stand, und die mit vollen Segeln in großer Geschwindigkeit herankamen.

„Feind ahoi! Feind ahoi!" brüllte der Posten, dass es durch alle Räume dröhnte und von Wänden und Planken widerhallte: „Feind ahoi! Feind ahoi!"

Als die Gesellen an Deck gestürmt kamen und Klaus Störtebeker auf der Brücke stand, waren die Feinde schon nahe herangekommen. Sieben – acht Schiffe waren es, und ihnen allen voran ein mächtiger Kasten, an dessen Bug zwei riesige eiserne Hörner staken; die „Bunte Kuh" war es, Hermann Nyenkarkens neues Schiff, das Hamburgs Ruhm und Macht über alle Meere tragen sollte. Laut und gellend scholl das Kampfgeschrei der Hamburger durch den grauenden Morgen.

Mit einem Blick erkannte Klaus Störtebeker die Gefahr, in der sein „Seewolf" schwebte. Aber er verzagte nicht. Sein Schiff war der schnellste Renner weit und breit. Der Wind war ihm günstig. Er brauchte nur auf die offene See zu halten, um alle Feinde hinter sich herzulocken. Die Hamburger Schiffe waren sehr ungleich getakelt und würden sehr bald weit auseinander sein, so dass er sie einzeln packen und schlagen konnte. Das war ein Kampf, wie er ihm gefiel: einer gegen acht! Also drauf und dran!

„Anker hoch!" Rasselnd sauste der Anker vom Grund heraus.

„Kurs auf Helgoland!"

So, nun mochten sie kommen! Die große Kogge mit den Riesenhörnern, die vorne lag, würde ihm an Geschwindigkeit wahrscheinlich gleich sein, hatte die gleiche Takelage und denselben hochbordigen Bau, und würde als erstes Schiff mit ihm im Kampf zusammentreffen. Aber die andern – ach, die würde er langsam, eins nach dem andern, abfangen. Wo blieb dann Hamburgs stolze Flotte?

Aber was war das mit dem „Seewolf"? Schlief der lange Anker noch? Oder hatte er seinen Befehl nicht gehört? Klaus Störtebeker beugte sich über das Geländer und schrie durch die hohlen Hände: „Kurs auf Helgoland! Ruder hart Steuerbord!"

Aber immer noch lag das Schiff breit vor Strom und Wind und trieb.

Mit einem fürchterlichen Fluch schwang er sich über das Geländer auf Deck, rannte achteraus, packte Anker und riss ihn zurück, dass er zu Boden stürzte.

„Warum achtest du meine Befehle nicht?"

Dann packte er selbst die Ruderpinne, lehnte sich mit aller Gewalt dagegen, um das Schiff herumzuwerfen, aber sie rührte sich nicht vom Fleck.

„Angepackt, Gesellen, angepackt!" schrie er mit heiserer Stimme.

Zehn, zwanzig Hände griffen mit an; aber selbst die Riesenkraft der keuchenden Leiber vermochte nicht, das Ruder herumzulegen, und der „Seewolf" trieb steuerlos hin- und hertaumelnd auf der Flut.

„Verrat! Verrat! Elender, feiger Verrat!" brüllte Störtebeker.

„An die Waffen! Beute- und Enterbrücken her! An die Schanzwehr! Drauf! Drauf, Gesellen!“

Sie stürmten an die Reling.

Da brachen schon die Hörner der „Bunten Kuh“ krachend durch die Planken des „Seewolf“ und bissen sich fest. Die Enterbrücken folgen herüber, ein zweites Hamburger Schiff unter Simon von Utrecht legte sich an die andere Seite, und dann stürmten die Feinde in dichten Scharen auf den „Seewolf“ über.

Ein furchtbares Gemetzel begann. Äxte und Schwerter durchschnitten die Luft. Schreien, Fluchen, Stampfen, Stöhnen und Wehklagen übergellte das Krachen der Planken, das Splittern der Schanzverkleidung.

Klaus Störtebeker stand unter der Kommandobrücke und lehnte sich schutzsuchend mit dem Rücken dagegen. Ein wilder Haufe, geführt von Simon von Utrecht, drängte sich gegen ihn an, um ihn niederzuhauen. Da schob sich plötzlich ein junger Bursche kriechend zwischen sie hindurch, richtete sich hastig auf und stand, die Axt schwingend, neben ihm.

„Klaus Störtebeker“, schrie er mit heller Knabenstimme, „gib dich nicht! Wir halten's durch!“

Da ließ Störtebeker einen Augenblick die Klinge sinken, fasste Margo, um ihn hinter sich zu schieben.

„Was willst du, Margo? Ich mach's allein!“

Im Nu hatten ihn die andern gepackt und ein Netz über ihn geworfen, dass das Schwert seinen gefesselten Armen entsank, und er selbst unter dem Druck der feindlichen Fäuste zu Boden stürzte. –

Der Kampf war aus.

Vierzig Seewölfe lagen in ihrem Blute tot, siebzig standen mit Ketten und Stricken gebunden auf der „Bunten Kuh“, und der zerfetzte, blutige Rumpf des stolzen „Seewolf“, der jahrelang der Schrecken der Meere gewesen war, trieb im Schlepp hinter den siegreichen Schiffen die Elbe hinauf der Stadt Hamburg entgegen.

Ein ungeheurer Jubel tönte ihnen von allen Elbdörfern entgegen, an denen sie, alle Wimpel hoch in den Wind gesetzt, vorübersegelten. In Hamburg selbst läuteten alle Glocken, und der Strand stand schwarz voll Menschen, als die Schiffe an der Brücke festlegten und die Gefangenen zum Rathaus geführt wurden.

Der erste im Zuge war Klaus Störtebeker. Barhäuptig, das schwarze Haar wirr in die gefurchte Stirn geweht, die Hände durch schwere Ketten auf den Rücken gefesselt, schritt er einher; aber das totenblasse Haupt trug er stolz erhoben, und die dunklen, wilden Augen blickten trotzig über die gaffende Menge, so dass manche ängstliche Bürgersfrau sich hastig wandte, wenn der Blitz seiner Augen sie traf; sie mochte fühlen, dass der gefesselte Mann zwar gefangen und blutig geschlagen, aber innerlich noch unbezwungen war.

Dann folgten seine siebzig Gesellen, voran der lange Anker und der junge Margo, und manch mitleidiger Ruf wurde lauf, als der bleiche Knabe durch die dichte Menschengasse schritt. Dann aber hub ein Fluchen und Drohen an; denn gar zu grimmig und hasserfüllt trugen die blutbespritzten, in zerrissenen Kleidern daherstampfenden Gesellen das Haupt.

„Wartet nur, euch wird man den Trotzkopf schon vor die Füße werfen! Da wird euch der Mut schon vergehen."

Das wussten die Gesellen selber, dass sie morgen entweder gehängt oder geköpft werden würden. Durch all die Jahre ihres Piratenlebens hindurch hatten sie sich an den Gedanken gewöhnt, dass es für sie den Strohtod nicht gäbe, sondern ein Ende in blutiger Schlacht, in verschlingender Flut oder durch die Hand des Henkers, und so trugen sie auch heute schon die Stirn hoch und lachten ihr trotziges, höhnisches Lachen.

Der tiefe, dunkle Keller unter dem Rathaus nahm die Gefangenen auf, während der ganze Rat sich im Ratssaal versammelte. Ohne jegliche Verhandlung wollte man Klaus Störtebeker und seine Gesellen verdammen; aber Simon von Utrecht erhob sich hastig und meinte, Störtebeker habe sich wie ein tapferer Kriegsmann geschlagen, und wenn er auch ein gemeiner Seeräuber sei, so müsse man ihm doch Gelegenheit geben, vor den Rat zu treten und seine Taten zu verteidigen, damit es nicht hieße, Hamburg habe Gefangene ohne Verhör verurteilt.

So führte man Klaus Störtebeker herauf. Bevor der Bürgermeister ein Wort sagen konnte, begann er laut und trotzig: „Durch Verrat bin ich euer Gefangener. In ehrlichem Kampf hättet ihr mich nicht bezwungen und hättet ihr noch mehr ‚Bunte Kühe' und Ochsen gegen mich geschickt.

„In ehrlichem Kampf", krähte ein feister Ratsherr dazwischen, „der Räuber spricht von ehrlichem Kampf."

„Räuber oder nicht", fuhr ihn Klaus mit einer Stimme an, dass er jäh auf seinen Stuhl niedersank, „aber wenn es um ehrliche Dinge geht, seid nicht ihr elenden Pfeffersäcke, Blutsauger und Menschenschinder es, die davon reden dürfen. Ihr seid die Räuber und Banditen, die ihr euch mästet mit dem, was ihr den Armen und Geringen abnehmt, die ihr euch anmaßet, die Herrn der Welt zu sein und die Freiheit jedes einzelnen Menschen mit Füßen tretet. Wir sind zwar aller Welt Feind, aber des lieben Gottes Freund, die wir ausgezogen sind, das unrechtmäßig eingezogene Gut zurückzuholen und die Freiheit über alle Meere und Lande zu tragen."

„Um euch selber die Taschen zu füllen", lachte der Bürgermeister, „und euch selber die Freiheit zu jeglichem Mord und Raub feierlich zu bewilligen."

„Wir sind keine Mörder, sondern ehrliche Kriegsleute zu Wasser und zu Lande."

Ein zorniges Schreien und Schelten füllte den Saal, und mit drohend erhobenen Fäusten sprangen mehrere Ratsherren auf den Gefangenen los; aber vor dem wilden Blick, mit dem er sie maß, wichen sie langsam zurück und brachten nur noch den Mut auf, von ihren sicheren Sitzen her ihn mit Schimpfworten zu schmähen, die ärger und wüster wurden, je höhnischer sich sein Gesicht verzog.

Zuletzt stellte sich Simon von Utrecht vor ihn hin, blickte ihn mit seinen ehrlichen Schifferaugen an und sagte: „Ich bleibe dabei, wie ein ehrlicher Krieger und Seefahrer habt Ihr Euch gehalten, Klaus Störtebeker, aber nun ist's aus. Habt Ihr dem Rat noch etwas zu sagen? Herr Bürgermeister, gebietet Ruhe und lasset den Gefangenen zu Worte kommen."

Sie waren alle begierig, zu hören, was er wohl sagen werde, und so trat auf des Bürgermeisters Geheiß Ruhe ein.

„Klaus Störtebeker, du hast dein Leben und das deiner Gesellen verwirkt. Wenn morgen die Sonne aufgeht, wird euch auf dem Grasbrook der Henker vom Leben zum Tode führen, wie es all hier wie in allen Hansestädten mit Piraten und Landstörzern geschieht. Hast du noch etwas zu sagen, so sprich, doch ohne den Rat zu schmähen."

Da sah Klaus wieder das Bild des jungen Margo vor sich stehen, und ein feines, sonniges Lächeln glitt über sein bleiches, trotziges Gesicht. Ganz langsam senkte er das Haupt und den stolzen Nacken, als wolle er sich vor seinen Gegnern verneigen. Eine ganze Weile stand er so. Dann straffte er sich hastig, hob das Haupt fordernd empor und rief mit heller Stimme: „Lasst den Knaben Margo frei! Er kam auf Helgoland als Schiffbrüchiger zu uns und hat nichts mit uns gemein, gehört nicht zu meinen Gesellen."

Kopfschüttelnd sahen sich die Ratsherrn an, stimmten aber zugleich zu, als der Bürgermeister entschied:

„Mitgegangen, mitgefangen, mitgehangen."

„Er gehört nicht zu mir, ihr Herren", fuhr Klaus fort, und seine Stimme klang dringender, „darum lasset ihn frei. Ich will euch geben, was ihr fordert. Wollt ihr eine goldene Kette, die um eure ganze Stadtmauer reicht, so will ich sie euch geben. Soll ich das Dach eures Rathauses oder eurer Kirchen mit Silber decken, ich will es tun, wenn ihr den Knaben freilasset."

„Wenn wir dich haben, kriegen wir auch schon dein Gold und Silber, und darum bleibe ich dabei: Mitgefangen, mitgehangen. Wer ist dafür?"

Sie hoben alle die Hände – Margos Schicksal war entschieden.

Da überkam Klaus Störtebeker wieder sein alter, lachender Trotz, mit dem er bisher immer Leben und Tod bezwungen hatte. Er rüttelte an seinen Ketten, als wolle er die Arme lösen und sie noch einmal zum Himmel emporstrecken, und rief: „Nun denn, die Herren, eins werdet ihr mir nicht verwehren können. Auf eure Henkersmahlzeit verzichte ich; die möge meinen guten Gesellen munden. Mir gebt dafür Musik auf den Weg. Lasst das Armesünderglöcklein läuten, so lange ihr wollt. Wenn aber ich den Gang zum Grasbrook antrete, lasst Trommler und Spielleute vorangehen und Pauken und Zinken ertönen, damit ihr innewerdet, dass ihr nicht einen bußfertigen Sünder, sondern einen lachenden Kämpfer zum Tode führt."

Am anderen Morgen führten sie sie nach dem Grasbrook hinaus, wo der Henker mit seinen Knechten ihrer schon wartete.

Dicht umsäumt war der Platz, als die siebzig Gesellen, barhäuptig, den Hals entblößt, herangeführt wurden und im Kreise um den Richtblock Aufstellung nehmen mussten. Tiefe Stille herrschte; die Nähe des Todes ließ all die Neugierigen die Taten vergessen, um derentwillen die Piraten dem Henker zugeführt wurden.

Plötzlich wurde Klingen und Spielen laut und kam näher und näher. Trommler und Zinkenisten schritten mit raschen Schritten heran. Lustig sprangen ihre Töne in die Morgenluft hinauf und flogen über die Dächer, als wollten sie einen fröhlichen Tanz und Mummenschanz ausrufen und anführen.

Wohl zehn Schritte hinter ihnen ging Klaus Störtebeker, stolz und groß, und ließ die Augen so ruhig umhergleiten, als ginge es zu Spiel und Tanz; sie sollten es nicht erleben, ihn schwach zu sehn, nicht die, die vor ihm gingen, noch die, die neugierig dem Zug zur Seite liefen, noch der ganze hohe Rat, der, von Stadtsoldaten geschützt, in langem Abstand würdig hinter ihm drein schritt. Auch seine Gesellen, denen er wie im Leben so auch heute im Sterben voranging, sollten ihn sehen, wie sie ihn immer gesehen hatten, damit ihnen das Sterben leichter werde.

Als sie auf dem Richtplatz angekommen waren, schwiegen die Spielleute.

So leicht, wie er immer übers Deck des „Seewolfs" gegangen war, schritt Klaus Störtebeker in den Kreis seiner Gesellen.

Da standen sie vor ihm, die Not und Gefahr allzeit willig mit ihm geteilt hatten. Mit trotzigem, verbissenem Gesicht und harten, wilden Augen blickten sie teils vor sich nieder, teils auf die Menge der Umstehenden. Von einem zum andern ließ Klaus seine Blicke wandern. Da war der wilde Jüte, der in Wisbys Toren ein Schwedenbeil von ihm abgewehrt hatte, da der holsteinische Graf, der unter den Vitaliern Glück und Heim, das ihm die Heimat geraubt hatte, gesucht und nicht gefunden hatte, da der lange Anker, der Treueste unter den Getreuen – und da Margo, der blasse, mutige Knabe, bei dessen Anblick ihm immer weich ums Herz wurde. Die braunen Locken fielen ihm in die Stirn, die weiß und rein war. Die blauen Augen hielt er furchtlos auf seinen Kapitän gerichtet. Die jungen Arme waren ihm wie den andern auf dem Rücken zusammengeschnürt. Den Rock hatten sie ihm abgerissen, so dass der schlanke Hals und die junge Brust frei wurden. Ein dunkles Band schlang sich um den Hals, und daran hing ein seltsames Schmuckstück. Auch das hatten ihm die Wächter abreißen wollen; aber auf die inständigen Bitten des Knaben hatten sie es ihm gelassen; es mochte ein Talisman oder irgendein anders Schutzbild sein.

Klaus Störtebekers Augen hingen an Margo, sahen die Schnur und das Schmuckstück… Margo… Margo… Hieß nicht sein Knabe, den sie von der kleinen Burg drunten an der Ems geraubt hatten, Marko? Margo – Marko? Trug er nicht von seiner Mutter her an einem Lederband ein Schmuckstück am Halse?

Mit weitaufgerissenen Augen und tastenden Schritten kam er näher und näher, bis er vor dem Knaben stand, den ein Grauen ankam, als er in die schreckhaftaufgerissenen Augen Klaus Störtebekers blickte.

„Marko!“ schrie Störtebeker mit einer Stimme, dass es gellend über den ganzen Grasbrook scholl und allen Leuten ans Herz schlug, warf sich auf die Knie vor dem Knaben Margo nieder und starrte bald in das blasse Knabengesicht, bald auf das Schmuckstück auf der jungen Brust.

„Marko, woher hast du das Schmuckstück am Halse?“

„Ich hab’ es immer getragen und weiß nicht, woher es stammt. Aber der mich einst, als ich noch klein war, fand und in seine Hütte trug, sagte mir später, dass ich es damals schon am Halse getragen hätte.“

„Schon damals, Margo; wo war das?“

„In den Mooren und Sümpfen der Weser oder Ems.“

Da sprang der totenblasse Mann stöhnend auf. Eine ungeheure Kraft kam über ihn, er riss und zerrte an seinen Fesseln, bis sie klingend zersprangen, als wären sie aus Glas. Dann schlang er die freigewordenen Arme um den Knaben und presste ihn an seine Brust.

„O Marko, Marko, mein Sohn!“

Langsam ließ er ihn wieder niedergleiten. Einen Augenblick war ihm, als müsse er die fessellosen Arme gebrauchen und, wenn auch nicht um sein Leben, so doch um das Markos bis zum letzten Blutstropfen kämpfen. Aber er war ja allein, alle Gefährten gefesselt und waffenlos, und schon näherten sich ihm auch die Henkersknechte, um ihm neue Fesseln anzulegen.

Da packte Klaus Störtebeker noch einmal den Knaben mit beiden Armen, hob ihn hoch empor, wandte sich an den ganzen Rat, der ängstlich zurückwich, und rief: „Gebt ihn frei, ihr Herren, gebt ihn frei! Er ist mein eigener Sohn!“ Aber schon packten ihn die Knechte, und der Scharfrichter begann sein trauriges Amt.

Als die Sonne am Abend rot ins weite Meer sank, war von Klaus Störtebeker und seinen Seewölfen keiner mehr übrig.

Philipp Galen
Der
Strandvogt
von
Jasmund

Ulrich Völkel /
Katrin Kadelke
Zwei Riesen im Sund
112 Seiten; Hc.; zahlreiche Aquarellzeichnungen;
16,5 cm x 24 cm
978-3-944102-33-7
4. Auflage; 15,95 €

Ulrich Völkel /
Katrin Kadelke
Der Zorn des Gottes Swantewit
96 Seiten, Hc., zahlreiche Aquarellzeichnungen; 16,5 cm x 24 cm
978-3-944102-44-3
1. Auflage; 15,95 €

www.demmlerverlag.de

Der Autor

Wilhelm Lobsien, auch bekannt als „Halligdichter", wurde am 30. September 1872 in Foldingbro in Dänemark geboren. In Tondern machte er eine Ausbildung zum Lehrer. Danach war er bis 1896 als Volksschullehrer tätig. Er starb am 26. Juli 1947 in Niebüll und wurde auf der Hallig Oland beigesetzt.

Nebenbei war Lobsien auch Schriftsteller. Insgesamt schrieb er 50 Bücher, zahlreiche Aufsätze und viele Gedichte. Oftmals ging es inhaltlich um seine Heimat, da er fasziniert von den Inseln und besonders von der Hallig Oland war. Daher kommt auch sein Beiname „Halligdichter". Die Romane *Der Halligpastor* und *Landunter* zählen zu seinen bekanntesten Werken. Ursprünglich wollte er Seemann werden, wodurch auch der Roman *Klaus Störtebeker* entstand.